Deseo™

Busco esposa

ANNE OLIVER

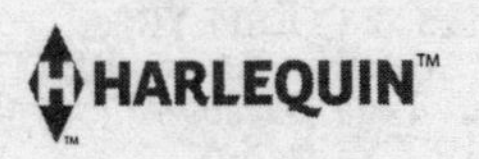

Editado por HARLEQUIN IBÉRICA, S.A.
Núñez de Balboa, 56
28001 Madrid

BUSCO ESPOSA, N.º 1955 - 18.12.13
Título original: Marriage in Name Only?
Publicada originalmente por Mills & Boon®, Ltd., Londres.

I.S.B.N.: 978-84-687-3624-2
Depósito legal: M-26937-2013
Editor responsable: Luis Pugni
Fotomecánica: M.T. Color & Diseño, S.L. Las Rozas (Madrid)
Impresión en Black print CPI (Barcelona)
Imagen de cubierta: GORAN BOGICEVIC/DREAMSTIME.COM
Fecha impresion para Argentina: 16.6.14
Distribuidor exclusivo para España: LOGISTA
Distribuidor para México: CODIPLYRSA
Distribuidores para Argentina: interior, BERTRAN, S.A.C. Vélez Sársfield, 1950. Cap. Fed./ Buenos Aires y Gran Buenos Aires, VACCARO SÁNCHEZ y Cía, S.A.

Capítulo Uno

Lo único que le consolaba era ver que su muerte iba a ser espectacular.

Chloe Montgomery se aferró con fuerza a la cuerda y trató de olvidar que se encontraba suspendida a una gran altura sobre una exclusiva sala de fiestas de Melbourne. Además, llevaba un minúsculo traje de lentejuelas que no le dejaba respirar.

–Todo irá bien –le susurró el hombre que le estaba colocando el arnés de seguridad–. Confía en mí, serás la gran sensación de la noche.

No sabía cómo iba a conseguir cantar *Cumpleaños Feliz* cuando tenía un nudo en la garganta.

–¿Estás lista? –murmuró el hombre.

Logró asentir con la cabeza.

Lamentaba haberse metido en esa situación. Había querido demostrarle a su nueva jefa que era una persona muy válida y que iba a convertirse en alguien imprescindible en su empresa de organización de eventos. Por eso, cuando se enteraron de que la artista que habían contratado se había visto involucrada en un accidente de coche, Chloe se había ofrecido para sustituirla, aunque para ello tuviera que subirse a esa cuerda.

Si todo salía tal y como lo habían previsto, descendería hasta llegar al regazo del chico del cumpleaños y le daría entonces un beso en la mejilla. Creía que Dana iba a estarle muy agradecida y que así podría conseguir que la contratara a tiempo completo.

Se encendió de repente un gran foco que la iluminó. Oyó los murmullos de los invitados, que no tardaron en quedarse en silencio. Aunque no los veía, podía sentir que la miraban.

De repente, notó que comenzaba a descender y recordó que tenía que cantar.

Buscó en medio de la penumbra su objetivo para centrarse en él. Miró hacia la mesa que tenía justo debajo de ella. Pudo distinguir la tarta con las velas encendidas y unas cuantas copas de champán. Un hombre la miraba con una leve sonrisa. O quizás fuera una mueca de desagrado. Era difícil distinguirlos con la tenue luz de las velas, pero le parecieron unos labios muy bonitos.

«Olvídate de los labios, imagínatelo desnudo», se dijo.

Se suponía que era eso lo que tenía que hacer la gente que temía hablar en público para tranquilizarse.

Pero recordó que su esposa estaba allí, era la que había organizado la sorpresa.

Carraspeó suavemente para aclararse la garganta y se puso a cantar. Su voz sonaba algo temblorosa y desafinada, pero continuó cantando con los ojos clavados en ese hombre y tratando de no imaginárselo desnudo.

Calculó perfectamente el tiempo y terminó la canción justo cuando llegaba a la mesa. Tuvo que maniobrar un poco en el aire para asegurarse de que aterrizaba en su regazo. El cuerpo se le estremeció cuando su trasero, apenas cubierto por el sexy atuendo que llevaba, tocó el par de muslos duros como piedras.

Sintió las palmas calientes de ese hombre deslizándose hacia su cintura y agarrándola con firmeza. Le costó no gritar al notar el contacto electrizante de esas manos sobre su piel desnuda. Se sintió muy avergonzada y le pareció una situación muy inapropiada.

Levantó la barbilla y lo miró a los ojos. Eran azules y la miraban con intensidad. No pudo evitarlo, esa mirada consiguió que se estremeciera de nuevo.

Terminó la canción de cumpleaños tratando de emular a Marilyn Monroe, pero se quedó un segundo paralizada. Se le había olvidado su nombre.

Trató de recordarlo, pero no lo logró.

Se inclinó hacia él para darle un beso en la mejilla y sintió que la envolvía el masculino aroma de su piel. Antes de que pudiera reaccionar, él giró la cabeza y la besó con firmeza en los labios. No podía creerlo.

Horrorizada, se apartó para mirarlo a los ojos.

–Me temo que yo no soy el chico del cumpleaños –le explicó él entonces.

Después, se inclinó más cerca y su aliento le hizo cosquillas en la oreja.

–Pero eso ya lo sabías, ¿verdad? –agregó el hombre señalando al invitado que tenía a su izquierda–. Es a Sadiq es a quien deberías besar.

Le hablaba con un cinismo que no tenía nada que ver con el calor que transmitían sus ojos.

Sintió que le desenganchaban el arnés de seguridad y se dio cuenta de que todavía estaba sentada en su regazo. Se quedó completamente inmóvil. Se le pasó por la cabeza si habría conseguido excitarlo, pero no iba a quedarse allí para averiguarlo.

Se levantó de inmediato, aunque sus temblorosas piernas apenas podían con ella.

–Fuiste tú quien me besaste –le susurró ella al oído sin dejar de sonreír.

Le fastidiaba que ese hombre la tratara con una actitud tan desdeñosa y también estaba enfadada consigo misma por haberse equivocado.

Miró entonces al atractivo hombre de pelo negro y ojos oscuros. Parecía un príncipe árabe y los observaba a los dos como si se estuviera divirtiendo mucho con su metedura de pata.

–Sadiq, feliz cumpleaños –lo saludó ella con una sonrisa mientras se inclinaba para besarlo.

Todos los presentes aplaudieron. Le deseó una agradable velada y salió corriendo.

No podía olvidar la extraña acusación de ese hombre. Cómo se atrevía a insinuar que se había equivocado a propósito de persona para tratar de seducirlo o algo así.

No pudo evitar pensar en el acoso sexual y sintió una gran tristeza. Sabía lo complicado que era que creyeran la palabra de una empleada antes que la de un millonario poderoso. Nunca podría ganar. Le bastaba con que alguien se quejara para que Dana no dudara en despedirla.

Jordan Blackstone observó cómo se sonrojaban las bonitas mejillas de la joven rubia, tenía una agradable vista de su abundante escote mientras felicitaba a su amigo. Estaba disfrutando al verla tan incómoda, lo que no le gustaba tanto era ver que él también estaba algo desconcertado.

Por suerte, ella se había levantado antes que la cosa llegara a más. Un minuto más con su trasero encima y habría tenido un problema de verdad.

Estaba acostumbrado a que se le acercaran las mujeres, pero nunca de esa manera. También le había sorprendido cómo había respondido su cuerpo. No había esperado que su libido despertara de su estado latente tan rápidamente ni con tanta fuerza.

Vio cómo besaba la mejilla de Sadiq. Aún podía sentir su dulce y suave boca en los labios. No comprendía qué le pasaba. La mujer desapareció de repente, pero sabía que su imagen se le iba a quedar grabada en la retina mucho tiempo.

La joven le había intentado hacer creer que había sido un error inocente, pero sabía que era el tipo de mujer que siempre estaba intentando captar su atención y que tenía por objetivo en la vida hacerse con un hombre rico y poderoso.

Tomó su vaso y se terminó de un trago el agua para humedecerse la seca garganta. Sadiq sopló las velas de su tarta y la banda comenzó a tocar. La pista fue llenándose de parejas que salían a bailar. Jordan miró al techo. La cuerda fue subiendo hasta desaparecer.

–Bien. Ha sido bastante... interesante –comentó.

–No tan interesante como tu expresión cuando cayó en tu regazo, amigo. Y ese beso... ¿Quieres decirme en qué estabas pensando para hacer algo así?

–No estaba pensando –reconoció Jordan.

Era una suerte que Sadiq le hubiera prohibido la entrada a los medios de comunicación. De otro modo, lo que acababa de pasar habría terminado en la portada de las revistas del corazón.

Su amigo se le acercó al oído para que lo oyera bien a pesar de la música.

–Creo que no te habría costado nada convencerla para que se quedara. Puede que tengas suerte esta noche... –le dijo Sadiq.

–Yo me encargo de mi propia suerte –repuso sin poder quitarse de la cabeza el cuerpo esbelto y voluptuoso de la joven–. Además, no era mi tipo.

–¿Tienes un tipo de mujer preferido? –le preguntó Sadiq entre risas.

Jordan no se molestó en responder. Ciertas partes de su anatomía no estaban de acuerdo con lo que acababa de decirle a Sadiq. Era una mujer muy atractiva y recordó que eso era todo lo que buscaba en una mujer. Y también que estuviera soltera y que no quisiera nada permanente.

A su alrededor, seguía la fiesta. Se sirvió más

agua y se aflojó el cuello de la camisa. Desde que esa mujer colocara su sexy trasero en su regazo, la ropa parecía haberle menguado un par de tallas. Le daba la impresión de que aún podía oler su fragancia cálida y sensual y no pudo evitar imaginársela desnuda frente a la chimenea, con la piel sonrosada tras hacer el amor.

Tampoco podía olvidar sus ojos, del color del whisky. No se le había pasado por alto lo que había visto en su mirada, una fuerte atracción que no había tardado nada en ocultar.

Pero él la había ofendido con su acusación y se dio cuenta de que quizás se hubiera pasado con ella. Recordó que no llevaba puesta ninguna alianza. No entendía cómo podía haberse fijado en ese detalle, prefería no pensar en ello.

Miró el reloj y se levantó. Desafortunadamente, la fiesta del trigésimo cumpleaños de su socio y amigo coincidía con una importante conversación telefónica.

–Me voy. Tengo una teleconferencia con Dubái dentro de una hora –le dijo Jordan.

Sadiq asintió con la cabeza.

–Buena suerte. Entonces, ¿sigue en pie la comida de mañana?

–Por supuesto –repuso mientras le daba un beso en la mejilla a la mujer de Sadiq–. Buenas noches, Zahira. Ha sido una gran fiesta. Me encantó la sorpresa.

–Es preciosa, ¿verdad? Y ha sido muy valiente al atreverse a hacerlo en el último momento.

La joven que iba a hacerlo tuvo un accidente cuando venía a la sala –le explicó ella–. Una de las empleadas de Dana se ofreció a hacerlo en su lugar.

No pudo evitar sentirse algo culpable al oírlo. La mujer no era una artista profesional, sino una chica sin experiencia que había intervenido para salvar la fiesta. Supuso que eso explicaba su error, su nerviosismo y sus pocas dotes para cantar.

Lo que Zahira acababa de decirle excusaba las acciones de la chica, pero no las de él.

–Eso es estupendo –murmuró él.

Admiraba a la gente dispuesta a arriesgarse y lamentaba haberla tratado con desdén.

–Se merece una propina por lo que ha hecho –le dijo a Zahira.

Ella le dedicó una de esas miradas femeninas que tanto le costaba descifrar.

–Le diré que ha sido idea tuya cuando se la dé, ¿de acuerdo, señor Blackstone?

Sintió un extraño hormigueo en la parte posterior del cuello.

–No es necesario, ya se lo diré yo mañana a Dana en la comida –le dijo mientras sacaba las llaves del coche del bolsillo–. Disfrutad del resto de la noche.

A excepción de su jefa, Chloe fue la última en salir del edificio esa noche. Ya eran las dos de la mañana. Se puso la cazadora de cuero y se colgó la mochila al hombro. El cielo estaba completamente cubierto y esperaba poder llegar a casa antes de que empezara a llover. Zahira había elogiado mucho su actuación y el hecho de que se ofreciera a sustituir a la cantante. Le había dado una buena propina.

La noche no había terminado nada mal. Dana le había preguntado si estaría dispuesta a trabajar para ella de forma más regular.

Chloe se puso a bailar allí mismo, en el paso de peatones.

«¡Qué noche!», se dijo.

Estaba orgullosa de haberse ofrecido y de haber tenido las agallas de intentarlo.

Lo que no podía olvidar era el beso de ese hombre. El recuerdo hizo que se estremeciera. El sabor embriagador de esos labios, la forma en la que la había sujetado sobre su regazo para que no se cayera, su masculino aroma... Todos esos factores habían conseguido derretirla unos segundos, hasta que él la había acusado de haberse equivocado a propósito.

Pero prefería no pensar más en él. Después de todo, había sido una gran noche para ella. Se puso el casco y fue hacia su moto.

Lo importante era que las cosas empezaban a irle mejor. No había sido el mejor espectáculo del mundo, pero esa noche había conseguido el doble de dinero que cualquier otro día. Llevaba solo dos semanas de vuelta en Australia y acababa de conseguir un trabajo estable con un salario razonable. Creía que así iba a tener por fin la posibilidad de volver a ahorrar el dinero que había perdido.

Se frotó los brazos, era una fría noche de invierno. No pensaba considerar la posibilidad de conectar con su familia hasta que lo consiguiera.

Escuchó de repente un pitido agudo y vio que parpadeaban las luces del coche aparcado detrás de ella. Escuchó poco después unos pasos. Se acercaba un hombre alto y fuerte.

La farola iluminó poco después su camisa y pudo distinguir los rasgos de su rostro. Tenía cejas oscuras, mandíbula firme y generosos labios...

Se quedó sin respiración al darse cuenta de quién era.

Conocía bien esos labios. Sabía cómo eran y a qué sabían. Se le aceleró el pulso al verlo cruzar el paso de peatones y abrir la puerta del coche. La miró por encima del techo mientras se metía dentro, pero con el casco en la cabeza, no la reconoció.

Decidió que no podía dejar que se fuera sin decirle lo que pensaba de él. Se acercó al coche.

–¡Espera! –exclamó golpeando la ventanilla del conductor–. ¡Abre!

–¿Está bien? –le preguntó él bajando la ventanilla–. ¿Necesita ayuda?

Ella se levantó la visera del casco para que le viera la cara. Él no tardó mucho en reconocerla.

–Estoy bien –le dijo ella sin darle tiempo a que le dijera nada más–. Bueno, no. En realidad estoy enfadada. Eres un arrogante y un grosero. No sé quién eres ni por qué creías que trataba de ligar contigo. ¿Es que eres famoso o algo así? –agregó–. No, espera. No me lo digas, no lo quiero saber –le espetó mientras volvía a bajarse el visor del casco.

Jordan no había tenido ni un segundo para abrir la boca. Se echó hacia atrás en su asiento y la miró mientras volvía a una vieja moto y se montaba en ella. La mujer era aún más pequeña de lo que le había parecido antes y estaba vestida de cuero negro de arriba abajo.

Le dio la impresión de que había conseguido afectarla más de lo que quería reconocer y que no se quitaba de la cabeza el beso que le había dado.

Eso era al menos lo que esperaba, porque él no había sido capaz de olvidar la sensación de ese cuerpo contra el suyo. Ese recuerdo había hecho que estuviera bastante distraído durante una importante conferencia telefónica y también que olvidara el abrigo en la sala. Por eso había tenido que volver a ese lugar a las dos de la mañana.

La mujer encendió la moto y se alejó por la calle en una nube de humo. Él se dio un minuto para recuperarse. Después, puso en marcha el coche y se dirigió a casa.

Unos minutos más tarde, volvió a verse tras ella en un semáforo en rojo. Podía ver su pelo rubio ondeando tras ella por debajo del casco. No sabía por qué era tan importante para él, pero quería tener la oportunidad de disculparse. Sobre todo si ella le dejaba hacerlo mientras le acariciaba ese cabello dorado de aspecto tan sedoso.

Y eso que no solían llamarle la atención las rubias. Menos aún si además tenían tanto genio. Prefería a las mujeres altas, morenas, serenas y sofisticadas. Pero no se le había pasado por alto cómo se había estremecido el cuerpo de esa mujer al sentarse en su regazo, ni lo bien que parecían encajar.

Sonrió levemente. Cualquier otra noche, le habría encantado el reto de conseguir saciar su apetito con una mujer sin nombre que además no lo conocía. Una mujer que parecía luchadora y fuerte. Tenía la sensación de que era una caja de sorpresas.

Pero la conferencia telefónica con Dubái no había ido tan bien como había esperado. Apretó con fuerza el volante. No le importaría tener algo con lo que distraerse y no pensar en ello.

De repente, sin previo aviso, la mujer se detuvo a un lado de la calzada. Él hizo lo mismo con la intención de preguntarle si estaba bien. No tardó en bajarse de la moto y quitarse el casco. El viento azotaba su pelo y vio que parecía muy enfadada.

–Veo que además eres un acosador –le dijo ella cuando llegó al coche.

–No es eso. Este es mi camino de regreso a casa.

–Sí, claro.

–Espera un momento. Dame la oportunidad de hablar, ¿de acuerdo?

–Está bien. Di lo que tengas que decir y vete –replicó ella.

–Esta es mi ruta habitual para volver a casa, no te estaba siguiendo ni voy a hacerlo ahora, a no ser que me lo pidas.

Ella no respondió, pero le dio la impresión de que veía algo especial en sus ojos. Empezó a llover en ese momento.

–Pero tengo que preguntarte algo –continuó él

con cuidado–. ¿Crees que es seguro para una mujer ir por ahí en moto a estas horas de la noche?

–No necesito un guardaespaldas –le contestó ella mirando al cielo–. Y me gustaría llegar a casa antes de que empiece a llover con más fuerza.

–Lo siento, pero tu moto no me parece el modo de transporte más fiable del mundo.

–Lo sé, pero tengo el Rolls Royce en el taller –replicó ella.

Seguía enfadada, pero se dio cuenta de que estaba conteniéndose para no sonreír.

–Me llamo Jordan Blackstone –se presentó él.

–¿Se supone que debería saber quién eres? –le preguntó ella mirándolo con el ceño fruncido.

–Bueno, Dana me conoce. He tenido una noche complicada y supongo que tú también –agregó mientras señalaba un bar cercano–. Voy a tomarme una copa. ¿Me acompañas?

–Nunca bebo cuando tengo que conducir. Sobre todo cuando estoy tan cansada.

–¿Un café, entonces?

–No, gracias –le respondió ella yendo hacia la moto.

Algo dentro de él se desató en ese momento y se dio cuenta de que no quería estar solo esa noche. No quería volver a casa y pensar en su situación. Además, no estaba acostumbrado a que las mujeres le dieran la espalda, y esa joven había conseguido despertar su curiosidad.

–Espera –le pidió mientras le agarraba la muñeca. Vio que abría los ojos sorprendida.

–¿Te espera alguien en casa? –le preguntó él.

Ella vaciló unos segundos antes de contestar.

–No. Pero mis compañeras de piso se darán cuenta si no llego a casa... –se apresuró a decir.

–¿Cómo te llamas?

–Chloe.

–Chloe –repitió él mientras acariciaba con el pulgar el interior de su delicada muñeca–. Me gustaría que me dieras la oportunidad de explicarte lo que pasó antes.

Ella negó con la cabeza, pero dejó que siguiera sujetándola, confundiéndolo aún más.

–¿Por qué? –le preguntó ella con firmeza–. No ha sido nada memorable.

No pudo evitar sonreír al oírlo.

–Te gustó tanto como a mí.

Sin poder resistirse, se acercó más a ella. Olía a cuero, a especias y a algo muy femenino.

Ella no retrocedió, notó que contenía el aliento y que había calor en sus ojos.

–¡Eres aún más arrogante de lo que...!

–Si no confías en mí, llama a Dana. Ella me conoce...

–No hace falta –le dijo ella señalando un restaurante en la misma calle–. ¿Ves ese letrero de neón? Voy a sentarme allí, donde hay luz y mucha gente, para comerme una hamburguesa. Chloe se apartó entonces de él.

Se quedó observando sus torneadas piernas y su trasero mientras se subía de nuevo a la moto, sintió que su cuerpo reaccionaba con fuerza cuando se la imaginó a horcajadas sobre él, con esos muslos apretando sus caderas, la cabeza echada hacia atrás en un momento de pasión mientras gritaba su nombre. Sintió que le hervía en la sangre. Algo le decía que esa mujer era muy apasionada.

Ella ni siquiera lo miró mientras encendía la moto y se iba de allí, pero él se lo tomó como una clara invitación. Se metió en su coche y la siguió. Le daba la impresión de que, después de todo, la noche no iba a terminar tan mal.

Jordan le dio a Chloe un momento para pedir la comida y esperó a que se sentara a una mesa antes de entrar en el restaurante. Ella ya estaba comiendo una hamburguesa cuando se sentó él con su propia comida y unas patatas fritas.

Deslizó una taza hacia ella.

–Como no sé lo que te gusta, te he pedido un capuchino.

–A estas horas de la noche, es mejor no tomar café de ningún tipo si se quiere dormir –repuso ella con la boca llena–. Pero gracias.

–No hay de qué.

–Entonces, ¿eres una estrella de cine o sales en uno dijo esos culebrones televisivos? He estado ocho años fuera del país y no conozco a muchos famosos.

Parecía evidente que la fama no le impresionaba y eso le gustó.

–No, me dedico a la industria minera.

Ella lo miró con curiosidad.

–Entonces, ¿por qué creías que a lo mejor te conocía?

Se encogió de hombros, lamentó una vez más haberla acusado de tratar de seducirlo. Pero, si no lo hubiera hecho, no estaría en ese momento sentado frente a ella.

–La compañía ha tenido bastante publicidad los dos últimos años.

Pensó que era mejor no darle más detalles.

–Te pido disculpas por lo que te dije en la sala de fiestas. Estuve fuera de lugar y tienes razón, fui grosero y arrogante.

–Estoy completamente de acuerdo –repuso ella arqueando una ceja–. ¿Siempre besas a las desconocidas?

–Solo a las mujeres bellas que caen en mi regazo en las fiestas de cumpleaños. A propósito, espero que podamos hacerlo dc nuevo algún día.

Se quedó boquiabierta, con la hamburguesa a medio camino de la boca.

–Esos fueron mis sesenta segundos de fama. No creo que vuelva a hacerlo.

Se quedó mirándola y vio que las mejillas se le sonrojaban. Tomó un sorbo del capuchino y se manchó de espuma el labio superior. Hacía mucho tiempo que no veía nada tan tentador.

–No sabía que te habías ofrecido a sustituir a la artista hasta que me lo dijo Zahira. Lo hiciste bastante bien. Me avergüenza confesar que yo no me habría atrevido a tanto.

–Sí. Bueno, así soy yo. Siempre lista para un desafío –le dijo ella limpiándose la espuma con la punta de la lengua–. Por cierto, disculpa aceptada. Pero no voy a dejar que me sigas a casa.

–Lo entiendo –respondió él–. Ocho años es mucho tiempo para estar fuera. ¿Qué edad tenías cuando te fuiste?

–Diecinueve años. Siempre he sido una amante de las aventuras, estaba deseando viajar y salir del país. Me encanta la sensación de libertad y la independencia, no tener a nadie que te diga lo que tienes que hacer o que estás haciendo algo mal.

Notó que su voz se volvía algo sombría y que la luz desaparecía de sus ojos. Se preguntó si un hombre sería el culpable de esa tristeza.

–Entonces, ¿qué fue lo que te trajo de vuelta a Australia? –le preguntó Jordan.

Chloe se mordió el labio antes de contestar y bajó la mirada. Cuando levantó la vista de nuevo hacia él, estaba sonriendo, pero no era una sonrisa real.

–La familia –le dijo Chloe alegremente–. Ya sabes cómo es.

Pero le pareció que estaba triste y bastante tensa. Él sentía el mismo tipo de emociones respecto a su familia.

–¿Qué te hizo?

–¿Quién? –le preguntó Chloe palideciendo.

–El hombre que puso esas nubes en tus ojos.

–No sé de qué me estás hablando. No hay ningún hombre, he vuelto por mi familia.

–Estarán contentos de tenerte de vuelta, ¿no?

–Bueno, mi familia vive en Sídney –le dijo ella mientras se terminaba la comida y se levantaba–. Me tengo que ir.

–Espera –repuso él poniéndose también de pie–. ¿Puedo volver a verte?

–No, creo que no –le contestó mientras se echaba la mochila al hombro y recogía el casco–. Gracias por el café.

Su tono era amable, pero el mensaje era claro y definitivo. Completamente opuesto a la situación en la que se habían encontrado horas antes, cuando descendió del techo para caer en su regazo. Decidió que era mejor así, no necesitaba más complicaciones en su vida.

–De nada. Conduce con cuidado.

Volvió a sentarse y se quedó mirándola mientras salía del restaurante. Se preguntó qué le habría pasado. Le había dicho que había vuelto por su familia, pero aún no había ido a verlos. Le había dado la impresión de que Chloe sentía que había hablado más de la cuenta y no había tardado nada en levantarse e irse de allí.

Chloe trabajaba para Dana, así que no le iba a resultar difícil encontrarla. Esa noche tenía cosas más importantes en la cabeza que una posible aventura con esa mujer o los problemas que pudiera tener en su vida.

Por ejemplo, tenía que pensar en cómo iba a engatusar al jeque Qasim bin Omar Al-Zeid para que le comprara el oro de sus minas.

Capítulo Dos

La madre de Jordan había heredado la mayoría de las acciones de Rivergold tras la muerte de su padre y había estado a punto de arruinar a la empresa, que había sido el gran amor de su padre y el trabajo de toda su vida.

Jordan había tenido que esperar a su trigésimo cumpleaños para que se hiciera efectivo el fondo fiduciario que había heredado, y le había faltado tiempo para comprar con ese dinero la parte de la compañía que poseía su madre. En dos años, con mucho trabajo y pocas horas de sueño, había conseguido levantar de nuevo la empresa y que volviera a ser casi tan importante como lo había sido con su padre.

Se llevó automáticamente la mano a la correa de cuero bajo su camisa. Recordó entonces lo que había sentido al entrar en el despacho de su padre y encontrárselo tendido en el suelo y ya casi sin aliento. No había ido porque había estado demasiado ocupado en la cama con una compañera de estudios. Su anciano padre le había pedido que fuera a verlo a Perth para hablar de las pésimas notas de Jordan en una de las mejores universidades de Melbourne.

Creía que su padre había muerto ese día por su culpa.

–Jordan, has venido –le había susurrado su padre con un hilo de voz.

Se había dejado caer de rodillas a su lado. Sabía que ya era demasiado tarde.

–Estoy aquí, papá, la ambulancia viene de camino. Aguanta un poco más, cuidarán de ti y podremos tener por fin esa conversación.

–No tengo… No tengo tanto tiempo...

Su padre había levantado entonces una mano temblorosa y Jordan la había agarrado con fuerza. No podía creer que le estuviera pasando algo así porque no hubiera estado a su lado. Quería que su padre hubiera podido sentirse orgulloso de él.

–Espera, papá, espera, por favor. Aguanta…

Quería que le diera la oportunidad de demostrarle que era digno de ser su hijo.

–Jordan, prométeme...

–¿Qué, papá? Lo que sea.

–Vas a heredar Rivergold algún día. Mi sueño, el oro... Es para ti y tu madre. Estudia mucho y consigue que Rivergold siga siendo grande. Haz que me sienta orgulloso...

Recordaba perfectamente cómo había cerrado en ese momento los ojos, el esfuerzo de hablar le pasaba factura. Y Jordan vio cómo iba quedándose sin vida.

–Lo prometo, papá. Haré que te sientas…

–Mi pepita. Llévala tú ahora…

Jordan miró el pedazo de oro de tamaño irregular que colgaba de una correa de cuero. Su padre siempre la había llevado como un amuleto. Había sido la primera pepita que había descubierto cuando comenzó los trabajos de prospección en el desierto.

–Todo es ahora tuyo, hijo. Rivergold te necesita –le susurró–. Esas negociaciones con los Emiratos Árabes Unidos... son muy importantes para mí…

–Haré que ocurra, papá –le dijo Jordan con seguridad y firmeza.

–Dile a Ina que la quiero…

Y esas habían sido sus últimas palabras.

Los de la ambulancia no pudieron revivirlo. Sabía que, si hubiera ido antes, tal y como él se lo había pedido, habría conseguido que la ambulancia llegara a tiempo. Creía que, de haber estado a su lado, quizás ni siquiera hubiera llegado a sufrir ese infarto.

Reflexionó sobre la teleconferencia de esa noche. Un buen amigo de Sadiq le había dicho que el jeque también estaba considerando la empresa minera X23. El propietario de X23, Don Hartson, era el mayor rival de Jordan, y además, se había casado con su madre.

Nunca había sido una buena madre y se había casado con Hartson en cuanto se quedó viuda. No tardó en llegar a la conclusión de que su madre, Ina Blackstone, llevaba tiempo engañando a su padre.

Demasiado distraída con su nueva vida, su madre había dejado que la compañía se hundiera poco a poco sin que Jordan pudiera hacer nada para poder evitarlo.

Pero había pasado los últimos dos años centrado en la modernización de Rivergold y había conseguido reflotar la empresa sin tener que despedir a nadie. Había sido muy difícil, pero la empresa empezaba a consolidarse. Habían aumentado las exportaciones y con los contactos que Sadiq tenía en los Emiratos Árabes Unidos, Jordan había sido capaz de retomar las negociaciones con la capital mundial del oro.

Empezaba a estar más cerca de cumplir la promesa que le había hecho a su padre, pero al parecer, el anciano joyero árabe tenía la reputación de ser extremadamente conservador.

Nunca le había gustado dejarse influenciar por los demás, pero estaba dispuesto a hacer lo que fuera necesario para que esas negociaciones llegaran a buen puerto.

A Chloe le dio un vuelco el corazón el domingo por la mañana cuando miró los mensajes que tenía en el teléfono mientras se vestía para salir. Tenía un correo electrónico de su hermana. Afortunadamente, no se trataba de una noticia trágica, pero sí bastante inquietante.

El mensaje de Donna era breve y claro e incluía un número de cuenta. Sus padres estaban pasando por un mal momento y era más que probable que terminaran perdiendo la casa familiar. Ni Donna ni su hermano podían ayudarlos económicamente y necesitaban que Chloe les echara una mano. Después de todo, ella tenía un trabajo muy bien pagado y vivía en una mansión con un miembro de la aristocracia.

Las palabras de su hermana le hicieron pensar en Stewart. Aún sentía un gran dolor al acordarse del hombre del que se había enamorado. El atractivo viudo la había contratado para cuidar a su hijo. Poco después, habían empezado a tener relaciones íntimas. Se había enamorado de él y no había visto que la utilizaba hasta que fue demasiado tarde.

Cuando se acabó, les dijo a sus padres que había cometido un error y que no seguía con él porque no había conseguido encajar en ese mundo de los ricos y famosos.

Iba a tener que contarle a Donna la verdad y, como eran muy malas noticias, no tenía ganas de hacerlo.

Una hora más tarde, con sus mejores pantalones vaqueros y una túnica, miró la gran mansión antes de entrar. Esa mañana la había llamado Dana para decirle que Sadiq y su esposa las habían invitado a almorzar para agradecerles la organización de la fiesta de la noche anterior. Al parecer, les había impresionado mucho que Chloe se ofreciera voluntaria para asegurarse de que el entretenimiento fuera un éxito.

Le había entusiasmado oírlo. Eventos Dana era una de las principales empresas de organización de fiestas, y ese almuerzo era una oportunidad para hacer nuevos clientes.

Pero temía que Jordan Blackstone estuviera allí. Después de los sueños que había tenido esa noche con él, no se veía capaz de verlo de nuevo. Ese hombre le afectaba más de lo que quería admitir y temía que él viera ese miedo en sus ojos. Creía que era el tipo de hombre que podía leerle el pensamiento. La noche anterior, había cometido el error de bajar la guardia y él había conseguido averiguar en qué estaba pensando. Había sido un momento de debilidad que no podía permitirse, por mucho que le atrajera ese hombre.

Al parecer, era rico e influyente, como Stewart. No era el tipo de hombre que necesitaba en su vida. Y era esa una lección que había aprendido de la manera más dura.

Un mayordomo abrió la puerta cuando llamó y la acompañó hasta el gran jardín. Olía a carne asada y a cocina asiática. Al verla, Zahira fue a su encuentro para saludarla.

–¡Me alegra tanto que hayas podido venir –le dijo con una gran sonrisa–. Bienvenida. Aquí está nuestra valiente artista de anoche –anunció a los demás.

Todos se giraron para mirarla.

–Os presento a Chloe Montgomery, miembro del eficiente equipo de profesionales de Dana.

–Hola –saludó Chloe a todo el grupo en general.

Pero en realidad solo tenía interés en un par de ojos que la miraban con intensidad, los de Jordan

Blackstone. Eran de un azul lleno de luz que contrastaban más aún con su tez bronceada y el cabello oscuro.

Se dio cuenta de que no iba a poder evitarlo. Se le aceleró el pulso cuando vio que se acercaba a ella. A diferencia del resto de los invitados, él llevaba traje y corbata.

–Buenos días, Chloe –le dijo con una sonrisa amable.

Su tono era relajado, pero le pareció que él tampoco había olvidado el beso de la noche anterior.

–Hola, Jordan –repuso ella mientras rezaba para que su rostro no la delatara.

Había pasado una noche muy inquieta y había soñado con él. Además le preocupaba haber estado a punto de hablarle de sus problemas personales más íntimos en el restaurante.

Zahira sonrió entonces de manera enigmática y los dejó solos.

–¿Quieres beber algo? –le preguntó Jordan mientras le hacía una seña a un camarero.

–Agua con gas, por favor –repuso ella.

Tomó un sorbo del agua que le sirvió el camarero esperando poder refrescarse un poco.

–¿Siempre te vistes tan formal para los almuerzos? –le preguntó ella.

–No, es que tengo una reunión más tarde.

–Hola.

Chloe se giró para ver quién la saludaba y vio que se trataba de una niña de piel oscura.

–¡Hola! –respondió Chloe con una sonrisa.

–¿Cómo te llamas? –le preguntó la niña–. Yo me llamo Tamara, que significa árbol de dátiles. Mi mamá es Zahira, que significa flor; y el de papá, Sadiq, quiere decir honesto.

Chloe miró a Jordan e intercambiaron una sonrisa.

–Mi nombre es Chloe –le contestó agachándose a su altura.

–¿Qué significa Chloe?

–No lo sé, pero intentaré averiguarlo, ¿te parece?

–¿Jordan es tu novio? –le preguntó entonces la pequeña.

–No –le dijo Chloe sorprendida–. La verdad es que... Apenas nos conocemos.

–Aún no –murmuró Jordan.

Su profunda voz hizo que se estremeciera, pero trató de disimular.

–Mira, Tamara, te está llamando tu padre –le dijo Jordan mientras señalaba la barbacoa.

–¡Es verdad! ¡Tiene salchichas! Adiós –exclamó Tamara mientras iba corriendo hacia allí.

–Es preciosa –comentó Chloe–. Y parece que le gusta ser el centro de atención.

–Me recuerda a alguien que vi anoche –respondió él con un guiño.

Pero se equivocaba. Había sido una tortura tener que ponerse el minúsculo traje y bajar del techo mientras cantaba delante de todo el mundo. Para colmo de males, había besado al hombre equivocado.

–No me lo recuerdes, por favor, prefiero olvidarlo –le pidió ella.

–Yo no creo que pueda hacerlo.

Notó que Jordan la estaba mirando, podía sentir el calor de sus ojos. Sabía que ella tampoco iba a poder olvidarlo tan fácilmente.

–Te gustan los niños, ¿no? –le preguntó Jordan.

–Sí. De hecho, he trabajado de niñera.

–¿Durante mucho tiempo?

Había pasado dieciocho meses maravillosos como niñera de Brad mientras se enamoraba perdidamente de su padre, pero no quería pensar en eso y miró a Jordan a los ojos.

–Solo hasta que tuve el suficiente dinero ahorrado como para viajar a otro sitio.

Jordan frunció el entrecejo como si estuviera sopesando si le habría dicho la verdad.

–Entonces, ¿qué más hiciste mientras estuviste en el extranjero?

–Recolecté uvas en viñedos franceses, hice excursiones por Nepal, trabajé en la restauración de un sendero en el Gran Cañón, gané un concurso de camisetas mojadas en Roma y perdí todo mi dinero en...

Aterrada, se mordió el labio inferior. Había vuelto a hablar más de la cuenta.

–Te quedaste sin fondos –terminó Jordan por ella–. Por eso volviste.

–Sí. Bueno, no.

No quería que pensara que tenía un problema con el juego o algo así.

–Volví por mi familia –murmuró ella de forma algo enigmática–. Ya te lo dije anoche. El dinero no es importante para mí. Nunca lo ha sido y nunca lo será.

Apartó la vista de él y vio que el servicio comenzaba a colocar ensaladas y aromáticos platos orientales en una larga mesa de cristal.

–Bueno, parece que la comida está lista –le dijo Chloe por encima del hombro mientras se alejaba–. Me muero de hambre.

Aprovechó para mezclarse con otros invitados bajo la pérgola del jardín. No volvió a hablar con Jordan, pero fue muy consciente en todo momento de dónde estaba mientras charlaba con otras personas.

Cuando Tamara fue a buscarla para enseñarle su nueva casita de juguete, Chloe aceptó encantada para poder escapar de allí.

Estaba claro que era una niña amada y mimada, que no tenía que luchar para ser aceptada por sus padres. A ella siempre le había parecido que ser amada y aceptada por lo que era no suponía pedir demasiado.

Le parecía increíble pensar que sus padres pudieran terminar perdiendo el hogar en el que habían vivido durante cuarenta años. No sabía por qué le importaba tanto. Después de todo, no era más que una hija que nunca había acabado de encajar en la familia y que se había ido al extranjero en cuanto pudo. La oveja negra. ¿Por qué sentía una obligación familiar hacia ellos?

***

–¿Cómo fue la teleconferencia de anoche? –le preguntó Sadiq a Jordan.

–Como te dije, debería ir en persona –le contestó–. Si puedo hablar con Qasim cara a cara, sé que lo puedo convencer. He organizado un encuentro para reunirme con él la próxima semana. Tú sabes cómo se hacen las cosas allí. ¿Qué necesito para conseguir lo que quiero?

–Estabilidad, enfoque y compromiso.

–Ya sabes que tengo esas tres cualidades.

–En cuanto a los negocios sí, pero no en otros aspectos de tu vida. Apareces en los medios de comunicación con una mujer diferente cada noche, Jordan. A Qasim no le van a gustar nada las posibles repercusiones de imagen que tu vida privada puede tener en su propio negocio. Es muy conservador y cree que los hombres casados son más trabajadores y serios.

–¿Estás tú de acuerdo con ese razonamiento?

Sadiq se encogió de hombros, como si no le extrañara la actitud del anciano.

–Me crie de esa manera. Los matrimonios se han organizado para favorecer negocios durante siglos. Mi matrimonio fue arreglado por mis padres cuando teníamos diez años.

Vio que buscaba a su esposa con los ojos entre todas las mujeres. Ella lo miró en ese momento e intercambiaron una sonrisa.

–Pues yo creo que se equivoca y se lo voy a demostrar –le dijo Jordan.

–Si alguien puede hacerlo, eres tú –asintió Sadiq–. Aun así, no estaría de más tener cierta ventaja. ¿Por qué no hablas con Dana y le pides que te dé referencias de Chloe?

Jordan lo miró con el ceño fruncido.

–¿De qué estás...?

Pero no pudo terminar la frase. Se les acercó Zahira en ese momento y le puso una mano en el brazo a Sadiq.

–Este no es el momento para hablar de negocios. Van a sacar la tarta que te hemos hecho. Tamara lleva todo el día esperando encender las velas –les explicó la mujer mirando a su alrededor–. Por cierto, ¿sabéis dónde está?

–La vi entrar en su casa de juguete con Chloe –le dijo Jordan.

Había estado observando a Chloe toda la tarde y había sabido exactamente dónde se encontraba en cada momento. Se volvió en esa dirección.

–Voy a buscarla –se ofreció Jordan.

La pequeña puerta estaba abierta y vio que Tamara y Chloe estaban sentadas en el suelo, frente a frente. Chloe le estaba contando una historia.

Se detuvo intrigado para observarlas unos segundos. Observó cómo se movían las pequeñas y esbeltas manos de esa mujer mientras hablaba y le llamó la atención la vitalidad de su voz. Llevaba el pelo suelto y despeinado y sus ojos parecían demasiado grandes para su carita de duende. Pero tenía que reconocer que se le daba muy bien contar historias y hacer que sonaran creíbles. Pensó que podría embrujar así a niños y a mayores. También había demostrado que podía bajar del techo y aceptar cualquier reto por difícil que fuera.

Se le ocurrió entonces una idea y entendió por fin lo que Sadiq le había sugerido.

Dejando de lado la atracción que pudiera sentir por ella, Chloe Montgomery no era su tipo de mujer e imaginaba que él tampoco era su tipo de hombre. Según ella, le gustaba viajar y ser independiente, no se había quedado el tiempo suficiente en un mismo lugar para tener relaciones serias. Se dio cuenta de que Chloe podría ser justo lo que necesitaba.

Jordan se apoyó en el marco de la puerta mientras pensaba en las posibilidades y problemas potenciales que pudiera tener su plan.

–La princesa quería aprender a usar un monopatín. Pero su padre no se lo permitió.

–¿Por qué no? –preguntó la niña.

–Porque no entendía a su hija, pensaba que debía hacer cosas más propias de princesas. Así que la princesa dejó una nota a los reyes para que no se preocuparan y se escapó del palacio. Vendió su corona para poder comprar comida y viajó al otro lado del reino con su monopatín para encontrar a alguien que le enseñara a usarlo. Deseaba que la gente la quisiera porque era buena e inteligente, no porque era una princesa. Estuvo de viaje mucho tiempo. De vez en cuando, enviaba palomas con mensajes al palacio contándoles a sus padres lo que hacía. Les dijo que había conocido a un hombre que hilaba paja y la convertía en oro.

–¿Como Rumpelstiltskin?

–Sí. Les dijo que vivía en una torre de cristal brillante, pero un día se cayó de la torre y tuvo que irse a vivir al bosque. Eso no se lo contó a sus padres.

–¿Les mintió?

–Sí, Tamara. Y fue un terrible error porque un día la malvada bruja fue a ver a sus padres, les robó todo el oro y se quedó con el palacio. Sus padres tuvieron que dormir en el establo con los caballos. La princesa se enteró y quiso ayudarlos.

No estaba escondido, pero Jordan se sintió como si estuviera escuchando la confesión de alguien. Además, le daba pena interrumpir la historia para decirle a Tamara que la necesitaban para encender las velas. Cuanto más escuchaba, más intrigado se sentía. Su instinto le decía que no se trataba de un cuento de hadas sin más.

–Volvió a casa porque eran sus padres y los quería –le contó Chloe a Tamara–. En el camino se encontró con un apuesto príncipe que se comprometió a ayudarla a encontrar el oro que le habían robado a los reyes. A cambio, el príncipe quería que le diera su monopatín. Se puso muy contenta. Así iba a poder volver a casa, recuperar el palacio y que todos volvieran a ser felices para siempre.

–¿Con el príncipe también?

–No, Tamara, porque en realidad no era un príncipe, sino un brujo disfrazado. Le quitó el monopatín y lo convirtió en un trozo de madera viscoso y asqueroso.

–¿No le dio el oro que le había prometido? –preguntó la niña muy contrariada.

–No, se puso la capa de invisibilidad y la princesa no pudo encontrarlo por...

Chloe se detuvo de repente al notar que ya no entraba tanta luz por la puerta. Tamara y ella no estaban solas. Se ruborizó al darse la vuelta y ver que era Jordan. Las observaba recostado en la jamba de la puerta, con las manos en los bolsillos y media sonrisa. Le dio la impresión de que llevaba allí algún tiempo y que había escuchado la historia. Parecía muy pensativo.

–¿Qué pasó entonces? –le preguntó Tamara con impaciencia.

Jordan se acercó a la niña.

–Tamara, mamá necesita que la ayudes con las velas de la tarta.

–¿Ahora? ¡Pero Chloe no ha terminado de contarme la historia!

–Tengo una idea –le dijo Chloe–. ¿Por qué no eres ahora tú la narradora? Piensa en cómo puede terminar y me lo dices después.

Tamara asintió muy seria.

–Muy bien. Ahora voy a encender las velas –les dijo mientras se levantaba y salía de allí.

Jordan se agachó y se sentó en el cojín en el que había estado Tamara. Era muy cómico verlo entre esos pequeños muebles rosas. Dominaba todo el espacio con su tamaño, su masculino aroma y su carisma.

–¿Qué haces? Van a sacar ahora la tarta... –le dijo ella algo nerviosa.

–Tenemos un par de minutos, no te preocupes –contestó Jordan mirándole el pelo–. Te queda bien, princesa Chloe.

Tardó unos segundos en darse cuenta de que se refería a la corona que llevaba en la cabeza.

–Me encanta contarles cuentos a los niños, es muy divertido –le dijo nerviosa mientras se ponía de rodillas para levantarse–. Le prometí a Tamara que iría a...

–Esa princesa se metió en un buen lío –comentó él.

La forma en que lo decía... Se preguntó cuánto sabría de ella y el corazón le dio un vuelco.

–Sí, pero es independiente e inteligente, encontrará una salida.

–Debería buscar un príncipe real y casarse con él. Así deberían terminar todos los cuentos.

–Pero, ¿crees que querría casarse con ese príncipe de verdad? Él no es como la princesa Chloe y, si no lo conoce bien, puede que resulte ser un aprendiz del brujo malo.

–O tal vez pueda ayudarla, Chloe –le sugirió Jordan extendiendo hacia ella la mano y tomando su muñeca–. Cuentos aparte, tal vez pueda ayudarte.

–¿Qué quieres decir? No necesito ayuda. Ni tuya ni de nadie.

Trató de apartar la mano, pero Jordan la agarraba con firmeza.

–Yo creo que sí.

–Y ¿quién eres tú para creer que sabes lo que necesito? –replicó mirándolo a los ojos–. De todos modos, ni siquiera sé de lo que me hablas...

–Vamos, Chloe. Me ha quedado muy claro que no andas bien de dinero.

Jordan la soltó entonces y ella se dejó caer. Se sentía desinflada.

–No deberías haber escuchado el cuento, no era para ti.

–No me estaba escondiendo. Tú estabas demasiado involucrada en la historia para darte cuenta. ¿Podemos hablar de ello?

–¿De qué hay que hablar? Ya te lo dije, no necesito nada ni a nadie.

–Dame un minuto, Chloe. Estoy considerando hacerte una oferta que quiero que pienses.

–¿Qué tipo de oferta?

–Un acuerdo de negocios sin riesgo por tu parte.

–Bueno, eso suena arriesgado desde el principio. Además, ¿por qué quieres ayudarme?

–Creo que podemos ayudarnos el uno al otro –le dijo Jordan–. Necesitas dinero, ¿verdad?

Como ella no respondió, Jordan continuó hablando.

–Eres una aventurera, te gusta viajar y ya vi ayer que no te asustan los desafíos. Eres el tipo de chica para hacer lo que tengo en mente –le explicó Jordan fijándose entonces en su boca–. Y el hecho de que me sienta atraído por ti no tiene nada que ver con esto.

Esas palabras y su voz masculina y ronca estuvieron a punto de conseguir que se derritiera.

–Me besaste anoche para hacerme sentir mal –lo acusó ella.

Jordan le clavó la mirada y ella volvió a estremecerse.

–La próxima vez que te bese, prometo que no te sentirás mal.

Trató de contenerse y mantener la calma. Jordan podría convencerla de cualquier cosa, pero no pensaba permitir que lo intentara.

–No me habías dicho nada de besos. ¿No se trataba de algo relacionado con los negocios?

–Quiero que pienses en mi propuesta antes de tomar una decisión. Por eso me gustaría invitarte a cenar mañana por la noche. Así podremos conocernos mejor.

Se quedó sin saber qué decirle.

–¿Te viene bien a las siete? –agregó él sin esperar a que le respondiera.

Ella lo estudió durante un momento. Le parecía increíble cómo cambiaban sus ojos de tonalidad. Su mandíbula, perfectamente afeitada, olía a loción y le gustaba cómo peinaba hacia arriba su pelo oscuro. Acababa de proponerle que pasara la noche con un hombre atractivo e interesante y no encontraba motivos para negarse.

Capítulo Tres

Regresó a casa con solo quince minutos para prepararse antes de que Jordan pasara a recogerla.

Supuso que Jordan le habría pedido referencias a Dana antes de ofrecerle un trabajo.

Se puso su vestido negro y botas de cuero. Se retocó el maquillaje y se pasó un cepillo por el pelo.

Se había pasado un buen rato la noche anterior buscando información sobre Jordan Blasckstone en Internet. Así había descubierto que era el dueño de una mina de oro en la zona oeste de Australia. Además, estaba muy involucrado en una organización benéfica llamada Rapper One y, de acuerdo con una reciente encuesta de la revista, era uno de los solteros más cotizados del país. Sus intereses amorosos eran muchos y variados. Vio fotos en las que aparecía con atractivas y sofisticadas mujeres.

Estaba pensando en eso cuando llamaron a la puerta. La abrió y vio que llevaba puesto un elegante traje oscuro. Supuso que estaría hecho a medida. Lo había combinado con una camisa negra y corbata, que le daba un aire algo diabólico y muy tentador. Incluso sus ojos parecían más oscuros.

–Ho-hola –tartamudeó ella algo nerviosa mientras cerraba la puerta.

–Buenas noches, Chloe. ¿Estás lista?

Su sonrisa hizo que le temblaran las rodillas. No se acostumbraba al efecto que parecía tener sobre ella.

–Supongo que sí.

El trayecto en coche hasta el restaurante fue bastante corto, pero estaba tan nerviosa que no paró de hablar. Había elegido un restaurante francés que era muy glamuroso e íntimo. Había velas encendidas en todas las mesas.

–*Bon soir*, señor, señorita –los saludó un camarero antes de acompañarlos a su mesa.

Jordan pidió que les sirviera un champán muy caro y no tardaron en llevárselo. En una esquina del restaurante, un músico tocaba antiguas canciones francesas con un acordeón.

Jordan levantó la copa hacia ella.

–Por una exitosa noche –le dijo.

–*Bon appétit* –contestó ella brindando con Jordan.

–¿Qué te apetece? –le preguntó él entonces.

No pudo evitar apartar de su mente un montón de imágenes eróticas.

Cuando decidieron lo que querían cenar, Jordan avisó al camarero.

–*Nous voudrions l'assiette des fruits et fondue de Brie pour les deux, s'il vous plait. Pour le plat principal, mademoiselle voudrait le filet de saumon au beurre rouge et je voudrais l'Entrecôte è la bordelaise* –le explicó Jordan–. *Merci.*

El camarero asintió con la cabeza.

–*Merci, Monsieur.*

Chloe hablaba francés bastante bien, pero escuchar a Jordan en ese idioma había conseguido que se derritiera un poco más. Tenía un acento maravilloso.

–Bueno, ¿de qué se trata? –le preguntó Chloe después de unos minutos.

–He hablado con Dana hoy. Con tus referencias y lo que sé de ti hasta ahora, creo que eres la mejor mujer para el trabajo –le contestó Jordan.

–¿Sí? ¿Y si no quiero el trabajo?

–Creo que va a gustarte –le dijo él.

Tomó un sorbo de champán y lo estudió por encima de la copa de cristal.

–¿Tan seguro estás?

–Siempre lo estoy –le dijo Jordan–. Y, solo por curiosidad, ¿es urgente tu situación económica? Y, si no te importa comentármelo, ¿por qué necesitas el dinero?'

Ella vaciló un poco, pero decidió que no tenía nada que perder y tal vez algo que ganar.

–Mi hermana me ha dicho que mis padres podrían perder la casa. Siempre antepusieron las necesidades de sus hijos a las suyas. Nos enviaron a los mejores colegios y pagaron la universidad. Yo fui la única que les decepcionó y ahora son mayores. Donna espera que yo...

Habían pasado años sin mantenerse casi en contacto. Solo se llamaban en Navidad y por sus cumpleaños. Nunca había encontrado el momento para hablarles de lo que le había pasado.

–Quiero ayudarles.

–Lo entiendo –le dijo Jordan–. Y yo necesito a alguien que me ayude a conseguir un lucrativo contrato en el extranjero. Es el plan perfecto.

–¿Qué? ¿Cómo puedo ayudarte si no tengo experiencia empresarial?

–Acompañándome a Dubái y haciéndote pasar por mi esposa –le explicó con seriedad Jordan.

Abrió sorprendida la boca. No podía respirar.

–A cambio de una gran suma de dinero.

Se quedaron en silencio. No podía creerlo.

–¿Cuánto dinero? –le preguntó.

Le pareció ver una sonrisa de satisfacción en su boca, pero desapareció casi al instante. Cuando le dijo cuánto pensaba pagarle, se quedó de nuevo sin aliento. El dinero era increíble, pero le parecía una propuesta muy peligrosa.

–Si te gustan los juegos, Chloe, lo que te propongo es que juguemos a ser los señores Blackstone un par de semanas.

–Pe-pero… ¿Por qué?

–Dime que lo harás y te lo explico.

Ella negó con la cabeza.

–Es ridículo. Imposible.

–¿Por qué? ¿Ya estás casada?

–No. Es que... No puedo irme contigo...

–¿Has estado alguna vez en Dubái?

–No.

–¿No decías que eras una chica muy aventurera? Piensa en ello. Si lo que te preocupa es que haya publicidad, nadie tiene por qué saberlo –aseguró.

–¿No? ¡Los medios de comunicación te adoran! ¿Y si nos ven juntos?

–Me aseguraré de que no lo hagan. Soy un experto ocultándome de los *paparazzi*.

No podía dejar de pensar en lo que podría hacer con ese dinero. Podría salvar la casa de sus padres y tener dinero de sobra para otras cosas. Pero…

–Acabo de conocerte, Jordan. Puede que me gusten los desafíos, pero no soy estúpida.

–No, no eres estúpida, solo estás siendo cauteloso. Lo entiendo. Podemos hablar de ello…

–Pero… ¿Por qué un hombre rico y guapo como tú consideraría llevar a cabo un plan tan drástico con una chica bajita, poco sofisticada y sencilla como Chloe Montgomery? Me gustaría saberlo. Seguro que tienes un montón de candidatas dispuestas.

–No te menosprecies, Chloe, y así otros tampoco lo harán –repuso él mirándola con firmeza a los ojos–. Seguro que podría encontrar a otra, pero se me da bien percibir cómo es la gente. Necesito una mujer con cualidades muy específicas.

Sintió que se ruborizaba y bajó algo avergonzada la cabeza.

–No voy a aceptar nada sin tener antes más detalles –le dijo ella.

–De acuerdo, yo también tengo preguntas. Voy a ser muy claro. Se trata de un acuerdo laboral y firmaremos un contrato. Si decides no seguir adelante, tengo que pedirte que mantengas la confidencialidad de lo que te voy a decir. ¿De acuerdo?

–Muy bien.

Jordan le habló de la empresa Rivergold y de que quería honrar los últimos deseos de su padre. Estaba terminando de contárselo cuando llego el camarero con los entrantes. Había conseguido tranquilizarla un poco.

–¿Cuánto tiempo tendría que durar este falso matrimonio?

–Solo hasta que firme el acuerdo comercial y volvamos a casa.

–Quiero el dinero por adelantado.

Él la miró fijamente un momento y después sacó de la chaqueta un documento.

–Lee esto con cuidado, firma ambas copias y haré un depósito por la mitad de la cantidad acordada en tu cuenta bancaria. El resto lo depositaré cuando consiga el contrato.

–Estabas muy seguro de que iba a acceder a hacerlo, ¿no? –murmuró ella.

–Le pedí a mi abogado que lo redactara esta tarde –le dijo él–. Si quieres que tu abogado…

–Yo no tengo abogado –respondió ella–. Quiero tener el primer pago antes de firmar.

Jordan negó con la cabeza.

–Es una suma muy importante de dinero. No eres la única cautelosa aquí. ¿Qué puedo hacer para que confíes en mí?

–No se me ocurre nada –le contó ella–. Y te voy a decir por qué. Confié una vez en un hombre que era muy parecido a ti.

–¿En qué sentido?

–El tipo de hombre al que ninguna mujer puede resistirse.

–A ti parece que no te ha costado resistirte a mis encantos, Chloe.

–Dices eso porque no sabes lo que estaba pensando cuando abrí la puerta esta tarde y te vi –le confesó ella.

Se miraron a los ojos y le dio la impresión de que la temperatura aumentaba varios grados.

–Si era algo parecido a lo que estaba pensando yo, creo que vamos a llevarnos muy bien.

No pudo evitar imaginarlos a los dos pegados contra la puerta de su piso, con los cuerpos resbaladizos por el sudor. Sintió una oleada de calor por todo el cuerpo que se le concentró en su zona más íntima. Estuvo a punto de gemir en voz alta y sintió que se ruborizaba.

–¿Por dónde íbamos? –le preguntó ella cuando se recuperó un poco.

–Me estabas hablando de ese hombre tan irresistible –le recordó Jordan.

–¡Ah, sí! Stewart –replicó ella–. Los padres de una amiga mía murieron en trágicas circunstancias mientras ella estaba en el extranjero y eso me hizo pensar en que llevaba demasiado tiempo lejos de mi familia. Tenía algo de dinero ahorrado, pero no lo suficiente para demostrarles que había tenido éxito. Mi familia juzga el éxito por los títulos universitarios que tenga uno y por su carrera profesional. Para mí, el éxito es conseguir ser feliz y tener la posibilidad de vivir la vida a tu manera.

–Y ellos no te entendieron nunca, ¿no?

–No. Pero, después de lo que les pasó a los padres de Ellen, me entraron ganas de volver a casa y demostrarles que podía ser el tipo de persona que ellos querían que fuera –le explicó–. Ya oíste ayer la historia que le conté a Tamara. Fui muy estúpida e ingenua. El supuesto príncipe Stewart resultó ser un malvado brujo y la princesa necesitaba dinero. Me ofreció participar con él en una inversión que prometía rápidos beneficios. Cuando le di el poco dinero que tenía, desapareció sin dejar rastro. Apenas me dejó lo suficiente para volver a casa y lo hice sin tener trabajo ni alojamiento aquí.

«Confía en mí, Chloe», recordó que le había dicho él.

–¿Y aún no le has dicho a tu familia que estás de vuelta en el país?

Ella negó con la cabeza. Creía que Jordan sí iba a cambiar su vida.

Apartó el plato y colocó los documentos frente a ella. Después de leerlo, lo miró a los ojos.

–Esta cláusula de aquí…

–Dice que no voy a forzarte a hacer nada en contra de tu voluntad –terminó Jordan por ella–.

Lo que tenemos es un acuerdo de negocios. Vamos a tener que compartir una habitación y actuar como recién casados, pero solo hasta cierto punto. En Dubái es inaceptable hacer demostraciones públicas de afecto. Confía en mí, Chloe Montgomery, conseguir este contrato para mi empresa me importa mucho más que…

–No es necesario que digas más, señor Blackstone. Lo comprendo perfectamente.

Además, iba a ganar una fortuna como indemnización si él se atrevía a romper su parte en el contrato. No sabía entonces por qué le dolía ver que ella no era una prioridad.

–Y, para tener las cosas claras, si llegáramos a... –comenzó ella sonrojándose.

–¿Llevar las cosas más lejos? –susurró Jordan con sensualidad.

–¡Olvídalo! –exclamó Chloe.

Antes de que Jordan pudiera decir nada más, abrió el bolso y sacó un bolígrafo. Garabateó su firma en las dos copias del contrato y se las entregó a Jordan sin mirarlo.

Por supuesto, sabía que la abstinencia sería la decisión más sabia. Le atraía ese hombre, pero iban a tener una relación puramente profesional y no le parecía lo más inteligente involucrarse con él de forma íntima.

Jordan firmó también el contrato y sacó su teléfono móvil.

–¿Tienes tus datos bancarios a mano? –le preguntó él.

Mientras removía el azúcar del café, Jordan observó a la chica que había accedido a ayudarlo. Le encantaría saber qué estaba sintiendo en ese momento. No mostraba ninguna emoción. Parecía completamente absorta en la pantalla del móvil, como si él no existiera. Se preguntó si estaría mirando el saldo de la cuenta o buscando el primer vuelo con destino a Ibiza o Acapulco. No había vuelto a mirarlo a los ojos desde que firmaran los documentos.

Sabía que nadie podría detenerla si decidía irse con su dinero y desparecer. Había aprendido a no confiar fácilmente en las personas, menos aún en las mujeres. Sabía que se estaba jugando mucho con ella y le costaba tranquilizarse. Tuvo que recordarse que, aunque la acababa de conocer, Chloe no era como Lynette.

De momento, lo más importante era viajar a Dubái lo antes posible. Quería mantenerla a su lado hasta que consiguiera cerrar el trato.

Chloe le había dicho que no le importaba el dinero y la había creído. Había visto de primera mano que era el tipo de persona dispuesta a ayudar a los demás en casos de apuro, como había hecho con su jefa y quería hacer con su familia.

Había otro factor que no se quitaba de la cabeza. Le había quedado muy claro que la atracción era mutua y esperaba que pudieran mezclar placer y trabajo durante el viaje. No había nada en el contrato que lo prohibiera, siempre y cuando los dos estuvieran dispuestos.

–¿Tienes algún compromiso las próximas semanas? –le preguntó a Chloe.

–Bueno, Dana acaba de darme trabajo a tiempo completo, así que voy a estar ocupada.

–Ya... ¿Podrías estar lista para salir mañana?

Sabía que su tono era demasiado firme y profesional, como si se lo estuviera ordenando.

–¿En serio? Pero si te acabo de decir que tengo un nuevo trabajo. He de ser responsable.

–Eso es muy loable, pero yo te pago para que seas responsable conmigo. Nuestra empresa tiene prioridad y eso incluye tu vida social.

–Bueno, entonces te encantará saber que no tengo nada en mi agenda personal.

Frunció el ceño al ver que había conseguido molestarla. No sabía por qué se lo había dicho de una manera tan brusca. El caso era que no quería que nada ni nadie interfirieran con sus planes. Necesitaba tener a Chloe en exclusiva las siguientes dos semanas.

–Me aseguraré de que Dana te mantenga en su equipo, por eso no te preocupes.

–Te lo agradezco porque necesito ese trabajo. No tengo ningún título, así que estoy un poco limitada –le dijo ella–. No llegué a estudiar nada –añadió con algo de arrepentimiento.

–¿Te habría gustado hacerlo?

–Sí. Tal vez psicología, aunque solo fuera para poder entenderme mejor. Para eso habría tenido que permanecer en un sitio y sentar la cabeza. La perseverancia y la tenacidad no son mis puntos fuertes.

–Pero dentro de un par de semanas tendrás el dinero suficiente para poder hacerlo.

–Sí –le dijo ella como si acabara de darse cuenta de que tenía esa opción–. Supongo que sí.

Le encantó ver su expresión soñadora, era como si ya se imaginara lejos de allí.

–Bueno, de momento tienes que organizarte para mañana.

Y él tenía que arreglarlo todo para el viaje y perfilar las negociaciones que tenía pendientes con Qasim. Hizo una seña al camarero para que le trajera la cuenta.

–Espera un momento –le dijo ella–. Aún no sabemos lo suficiente el uno del otro ni hemos hablado de cómo vamos a hacer esto...

–Podría llevarnos mucho tiempo –respondió él–. Incluso toda la noche.

Su voz reflejaba el deseo que empezaba a dominarlo. Sabía que Chloe también se había dado cuenta, porque lo miraba fijamente con un brillo especial en sus ojos.

–Tenemos que hacer planes –le aclaró él sin dejar de mirarla.

–Y conocernos mejor –agregó Chloe mientras apoyaba los brazos en la mesa.

El gesto le dio la oportunidad de contemplar mejor su tentador escote. Le gustaba la idea de conocerla mejor, le gustaba mucho. Se inclinó más cerca y lo envolvió su aroma.

–Creo que estaremos más cómodos en casa. Tu piso está más cerca. ¿Te parece bien?

–Pero es que yo solo tengo una cama individual... –susurró Chloe.

La joven se quedó sin aliento al ver lo que acababa de decirle.

–¡Dios mío! ¿De verdad he dicho eso en voz alta? No era lo que quería decir –le aseguró nerviosa–. Espera, ¿era a eso a lo que te referías tú? No es que estuviera pensando en la cama, no de esa manera. En absoluto. Tengo muy claro que esto es solo un acuerdo de negocios. Lo entiendo perfectamente. Tenemos que hablar. Tengo que hacer las maletas. Y tengo…

–Chloe –la detuvo él intentando no echarse a reír–, respira profundamente.

Ella lo miró con la boca abierta. Después, cerró los ojos y aspiró muy lentamente.

Aprovechó la oportunidad para estudiar su cara. No podía decidir qué tenía más ganas de besar, si la zona del cuello donde el pulso le latía rápidamente o las pecas que decoraban su nariz. Lo que tenía muy claro era que antes que nada pensaba reencontrarse con su deliciosa boca.

Chloe se mordió el labio inferior cuando Jordan detuvo el coche frente a su casa. Le parecía imposible que le hubiera sugerido que quería conocerlo mejor. Era la primera vez que le hablaba así a un hombre. Se sentía muy avergonzada.

Abrió nerviosa la puerta delantera, la misma contra la que se había imaginado a ellos dos desnudos y abrazados. Entró y estuvo a punto de darle con la puerta en las narices.

–Lo siento –murmuró ella abriendo para que pasara–. La cabeza no me funciona bien esta noche.

–No me extraña –repuso Jordan.

–¿Quieres otro café? –le ofreció ella mientras encendía la luz e iba a la cocina.

–Sí, por favor. Chloe, espera.

Jordan le agarró con firmeza del hombro y la volvió hacia él.

–No me tienes miedo, ¿verdad? –le dijo mientras le colocaba las dos manos en los hombros y comenzaba a masajearlos suavemente.

–¿Yo? ¿Miedo? No –respondió ella.

–Has estado tan nerviosa como un gato en la jaula de un tigre desde que firmamos el contrato.

Jordan irradiaba tanto poder como uno de esos grandes felinos. Y ella deseaba entregarse completamente a él. Quería que la besara de nuevo y no solo en los labios.

Enderezó la espalda y dio un paso atrás, pero terminó atrapada entre Jordan y la pared.

–Creo que si tengo miedo es de mí misma, no sé si tiene sentido para ti...

–Por supuesto –le dijo Jordan.

El masaje se detuvo y le deslizó las manos suavemente por los hombros y los brazos sin dejar de mirarla con una gran sonrisa en la boca.

–Y también te asusta no poder quitarte de la cabeza imágenes de los dos desnudos.

Abrió sorprendida la boca y se sonrojó. Le parecía increíble que pudiera adivinar con tanta exactitud lo que sentía, lo que estaba pensando.

–Ni cómo será cuando esté por fin dentro de ti –continuó Jordan en un susurro.

Una oleada de deseo la recorrió como la caliente y húmeda lengua de un gran tigre, haciéndola temblar de una forma deliciosa.

–Pero eso no es lo que estamos a punto de hacer, no es lo que acordamos y eso te molesta.

–No, yo... Sí... –susurró ella.

Esa conversación tan erótica no la estaba dejando indiferente. Estaba tan confundida que ni siquiera había sido consciente de que Jordan se había acercado más a ella. Él jugueteó con la punta de su cabello como si nunca hubiera visto un pelo como el suyo.

–Tranquilízate, rubia, serás tú la que me invites –le aseguró Jordan con una voz sensual.

–¿Yo voy a invitarte a ti?

–Te preocupa cómo vayan a salir las cosas. Confía en mí, Chloe, todo saldrá bien.

Eran las mismas palabras que le había dicho Stewart antes de estafarla.

–No estoy preocupada porque tengo la intención de permanecer tan lejos de ti como pueda. Y no me llames rubia.

–¿Cómo quieres entonces que te llame? Necesitaremos algún tipo de apelativo cariñoso.

–No. Y recuerda que hay una cláusula en el contrato que dice que…

–Nadie está hablando de coaccionar a nadie, rubia –le dijo Jordan–. Y los dos lo sabemos.

–Se trata de un acuerdo estrictamente profesional, eso fue lo que me dijiste –le recordó ella.

–Es cierto –repuso él mientras trazaba con un

dedo el escote de su vestido–. Pero el hecho de que se trate de un negocio, no significa que tenga que ser todo trabajo. Podemos conseguir que la relación siga siendo profesional –agregó colocando las manos sobre la pared, una a cada lado de su cabeza–. No hay razón para que no lo pasemos bien.

Ella lo miró y trató de calmarse. No creía estar en condiciones de discutir con él en ese momento, pero no estaba de acuerdo. No quería tener una aventura con él y seguir con su relación profesional al mismo tiempo.

–Me dijiste que nuestro acuerdo no tenía nada que ver con el hecho de que te sintieras atraído por mí –le dijo ella.

–Y así es. Podemos mantener la parte profesional y la personal completamente separadas.

–¿Y qué es lo de esta noche? ¿Profesional o personal?

–Vamos a tratar de conocernos mejor –susurró Jordan–. ¿No fue eso lo que dijiste antes?

–Yo... Sí –reconoció–. Pero no creo que besarnos sea una buena idea...

–¿Por qué no? Tenemos que practicar para que se crean que estamos recién casados.

–Me contaste que en Dubái la gente no muestra afecto en público, así que no será necesario.

–Es verdad. Pero si practicamos en privado, nos dará ese aura de intimidad implícita que tienen las parejas. ¿No has visto nunca a personas que basta con observar cómo se miran para saber que son amantes?

Cada vez estaba más confusa y la manera en que la miraba Jordan era muy peligrosa.

–Tienes ojos del color del whisky –susurró él–. Podría emborracharme solo con mirarlos.

–Palabras muy seductoras... ¿Acaso estabas ebrio la última vez que me besaste?

–Completamente sobrio, pero eso no fue un beso de verdad.

Abrió la boca para hablar, pero Jordan se abalanzó sobre ella, atrapándole los labios como un depredador y sin previo aviso. Instintivamente, le puso las manos en el torso para apartarlo, pero sus dedos tenían otras ideas y se aferraron a las solapas de su chaqueta con fuerza. No le preocupaba en ese instante mantener las distancias con él.

Jordan no tardó en profundizar el beso y ella respondió separando los labios. Sabía a algo suave y aterciopelado, peligroso y dulce al mismo tiempo. No pudo ahogar un gemido.

Él le bajó las manos por los lados, pasó de largo por su cintura hasta llegar a sus caderas. Se quedó sin aliento cuando sintió sus grandes manos en las nalgas, apretándola contra su cuerpo para que pudiera sentir su calor y lo excitado que estaba.

El deseo la dominaba, pero sabía que estaba en aguas muy peligrosas. Era como si un fuego amenazara con consumirla. Se le pasó por la cabeza intentar detenerlo y usar el sentido común, pero no conseguía que su mente reaccionara, parecía completamente ahogada por el deseo.

Jordan se separó unos milímetros de su boca.

–Esto sí es un beso de verdad –murmuró.

Sintió frío cuando se apartó de ella. Abrió los ojos y vio que Jordan la miraba fijamente y con un brillo en sus ojos que no tenía nada que ver con el reflejo de la luz del pasillo.

–Sí, no ha estado nada mal –admitió ella–. Pero tengo que… Necesito tiempo. Para pensar.

–Pues date prisa porque salimos en un vuelo mañana por la noche. Es un vuelo sin escalas, así que tenemos aproximadamente cuarenta horas antes de llegar a Dubái.

–¿Qué? ¿Reservaste el vuelo antes de saber que iba a estar de acuerdo con tu plan? ¿Tan seguro estabas?

Jordan asintió con la cabeza.

–Siempre prefiero pensar en positivo.

Le estaba costando recuperarse y mantener una conversación normal con él después de lo que acababan de compartir. Su cuerpo aún ardía y la envolvía por completo su masculino aroma. Sintió de repente que le costaba respirar. Jordan estaba demasiado cerca y había poco espacio entre ellos dos. Se apartó lentamente de él, que permanecía inmóvil.

Pero sabía que los tigres se quedaban inmóviles justo antes de atacar. Apartó deprisa la mirada y fue hacia la cocina.

Oyó los pasos de Jordan tras ella. Aún podía saborearlo en los labios y en la lengua.

–¿Por qué no te pones cómodo mientras preparo el café? No tardaré mucho.

Jordan aceptó la sugerencia de Chloe. Entró en la salita y se dejó caer en el sofá. Lo de ponerse cómodo iba a ser más difícil. Sobre todo con la forma en que su cuerpo reaccionaba con esa mujer. Lo que necesitaba en ese momento era una ducha fría.

Miró a su alrededor para distraerse. Pero no había nada allí que le recordara a Chloe y pensó que quizás no hubiera tenido tiempo aún de poner su sello en el lugar. Le dio la impresión de que se sentía algo sola y, aunque no la habían tratado bien, creía que la familia era muy importante para ella. A él le pasaba lo mismo.

–No recuerdo si lo tomas con azúcar o no –le dijo Chloe mientras le daba una taza de café–. ¿No tienes frío? –le preguntó mientras iba hacia la calefacción que tenían en el salón.

–No, pero si tienes frío, ven y siéntate a mi lado en el sofá –le ofreció él.

–Los dos sabemos que no sería una buena idea.

Le pareció que aún había deseo en sus ojos, pero también una especie de barrera, un miedo, que no había estado allí antes que la besara contra la pared del vestíbulo.

–Cuando te dije que teníamos conocernos mejor me refería a las cosas cotidianas que deberíamos saber el uno del otro si de verdad estuviéramos casados.

–Como por ejemplo nuestras familias, ¿no? Empieza tú.

–De acuerdo –le dijo Chloe lentamente–. Tengo un hermano y una hermana, los dos bastante más mayores que yo. Donna está casada con Jason, un contable, y tienen un hijo adolescente. Ella es licenciada en Bellas Artes y en Letras, pero lleva siendo ama de casa desde hace quince años. Caleb es fisioterapeuta, aunque estudió Arquitectura, y está casado con Jenny, su recepcionista en la clínica donde trabajan.

Vio que sus hermanos habían estudiado mucho más que ella, no le extrañó que Chloe se sintiera fuera de lugar en su familia.

–¿Donna es la que espera que tú ayudes financieramente a tus padres? ¿Por qué tú?

–La suegra de Caleb es viuda, tiene una enfermedad terminal y mi hermano tiene que pagar sus facturas médicas. Mi cuñado perdió mucho dinero el año pasado en un negocio que se fue a pique y Donna está en paro –le dijo ella–. Bueno, ahora te toca a ti.

–No hay mucho que explicar. Ya te conté lo que pasó con mi padre –respondió él–. Con mi madre no tengo trato y soy hijo único.

–Vas a tener que decirme algo más, Jordan.

Se le hizo un nudo en el estómago, no quería hablar de su madre. Ina ya no era nada para él, pero no podía ignorar el hecho de que estaba casada con el hombre que quería ese acuerdo con el jeque de Dubái tanto como Jordan.

No debía de estar escondiendo bien sus emociones porque Chloe lo miró con compasión.

–Lo siento, Jordan. Parece que es un tema doloroso para ti, pero necesito saber más.

–Mi madre aún vive y está muy bien, pero no nos hablamos –respondió él.

Le contó que había vuelto a casarse y que su marido era el dueño de su mayor rival empresarial. Le agradeció a Chloe que no le hiciera más preguntas.

–Empiezo a entender por qué ese contrato es tan importante para ti –le dijo ella sin dejar de mirarlo comprensiva–. Siento que no tengas una buena relación con tu madre.

Se dio cuenta de que era la primera vez que alguien lo miraba así. Pero no quería que nadie se compadeciera de él, no le gustaban los sentimientos asociados con ese tipo de actitud.

–Me gusta ganar –le dijo él con firmeza.

No se trataba de venganza, sino de honrar la memoria de su padre.

–Y a mí me gusta terminar lo que empiezo –añadió Chloe.

Le sorprendió lo que acababa de decirle. Creía que la aventura a la que se enfrentaban no les llevaría mucho tiempo y la recompensa iba a ser enorme para los dos. Se puso de pie y levantó su taza a modo de saludo.

–Vamos a conseguirlo, Chloe.

Ella levantó también su taza y sonrió con entusiasmo.

–Dubái, allá vamos.

–Dijiste que fingiríamos ser recién casados. ¿Cuándo se supone que nos casamos? –le preguntó

Chloe mientras apuntaba algunas cosas en una libreta.

Ya tenía el horario de los vuelos, dónde se iban a alojar y las posibles visitas turísticas que llevarían a cabo mientras estuvieran allí. También había escrito detalles de la vida de Jordan y datos personales, ya fueran reales o inventados. Era una manera de mantener las manos ocupadas y no tener que mirarlo a los ojos.

–Este viaje es nuestra luna de miel. Aunque también aprovecharé para hacer negocios.

–Eso te convierte en un pésimo marido.

–Sí, pero tú eres una mujer muy comprensiva y entiendes lo importante que es para mí este acuerdo. Además, tenías tantas ganas de casarte conmigo que no quería esperar.

–¿Has estado casado antes? –le preguntó ella.

–No –repuso con firmeza.

–Será mejor que cambies de actitud antes de llegar a Dubái o el plan se irá al traste antes de empezar. Te lo digo en serio.

–Yo también hablo en serio. ¿Cómo puedes dudarlo después del tiempo y el esfuerzo que estoy poniendo para que todo salga bien?

–De acuerdo –repuso ella poco convencida.

Le había quedado muy claro que Jordan no quería comprometerse con nadie. Ella sí creía en el matrimonio, pero solo cuando dos personas se amaban y respetaban. Después de lo que le había pasado con Stewart, no se veía capaz de confiar tanto en nadie.

–Y también hablaba en serio cuando te dije que me gustaría combinar el placer con el trabajo.

–Bueno, a lo mejor yo no quiero –contestó ella.

–No parecías tan segura hace unos minutos... –le recordó él.

–Es que no me diste tiempo a... A cambiar de opinión –repuso–. No estaba lista para algo así.

–Has estado lista desde la primera vez que nos besamos –susurró Jordan con una pícara sonrisa–. Y tienes que reconocer que ha estado muy bien.

Le tentaba la idea de sentarse a su lado en el sofá y perderse entre sus brazos.

–De acuerdo. Sí, estuvo bien, muy bien.

–¿Tanto como esperabas? –le preguntó Jordan con una sonrisa.

–Estuvo bien. Pero, por el bien de nuestra relación profesional, no volverá a suceder.

–No estoy de acuerdo. Después de todo, tenemos que fingir ser recién casados...

–Haré mi parte, para eso me pagas. Imagina que soy simplemente una secretaria o algo así.

–Es difícil imaginarlo, Chloe.

–De acuerdo. Limítate entonces a escucharme y a contestar. ¿Dónde vamos a alojarnos?

–Ya me he ocupado de eso –susurró con picardía Jordan–. Me encanta ver que estás pensando en dónde dormiremos... Pero, ¿por qué no hablamos de esos detalles en el aeropuerto o a bordo del avión? –le sugirió mientras dejaba la taza en la mesa–. Se está haciendo tarde.

–Buena idea. Tengo que hacer la maleta. Aunque, ahora que lo pienso, no sé si voy a tener la ropa adecuada…

–No te preocupes. Tendremos un día para ir de compras nada más llegar a Dubái.

Fue tras él hasta la puerta. No podía dejar de admirar su nuca bronceada y sus anchos hombros. Le bastaron esos segundos para volver a sentir otra oleada de deseo en su interior.

Se preguntó si trataría de darle un beso de buenas noches y si ella se lo permitiría. Pero Jordan abrió la puerta y la besó de manera muy casta en la mejilla.

–Buenas noches, rubia.

–Buenas noches.

Se sentía como una adolescente, muy afectada tras una primera cita y esperando junto a la puerta que su chico se diera la vuelta y la besara de nuevo, esa vez en los labios.

–Y gracias por la maravillosa cena –le dijo ella.

Jordan se dio entonces la vuelta y le dedicó una sonrisa.

–La primera de muchas otras cosas maravillosas –le prometió–. Dulces sueños.

Capítulo Cuatro

Jordan se dio cuenta de que le iba a ser casi imposible centrarse en lo que tenía que hacer. Bajó la ventanilla del coche y dejó que el aire frío le diera en la cara mientras iba a casa. Esperaba poder enfriar también su cuerpo, pero no podía dejar de pensar en ella. Había acariciado su sedoso pelo mientras la besaba y dejado que su fresca y delicada fragancia lo envolviera. Podía imaginarse cómo sería sentir esa melena acariciando su estómago...

–Maldita sea –murmuró sacudiendo la cabeza y apretando con fuerza el volante.

No le gustaba estar tan distraído. Trató de recordar que Chloe solo era un medio para conseguir su objetivo. No podía olvidar lo que de verdad era importante. La había contratado para hacer un papel y poder por fin cumplir su promesa.

Pero no se quitaba de la cabeza los besos que habían compartido en su piso ni lo maravilloso que había sido tenerla entre sus brazos.

Entró en el garaje de su edificio y aparcó. Estaba deseando volver a verla y salir hacia Dubái.

***

Empezaba a amanecer cuando Jordan se dispuso a hacer algo de deporte después de una noche de insomnio. Ya había hablado con Qasim y estaba todo organizado para la reunión que iba a tener con él dos días más tarde.

Eran las siete y supuso que Chloe estaría despierta. Marcó su número.

–Hola –contestó ella poco después.

Le parecía que su voz sonaba algo ronca, como si estuviera medio dormida.

–No estabas todavía en la cama, ¿no?

–No. La verdad es que acabo de salir de la ducha.

Estaba desnuda y tuvo que contenerse para no gemir. Su cuerpo no tardó en reaccionar. Tenía una imaginación muy peligrosa.

–¿Estás bien? –le preguntó Chloe. Oyó perfectamente cómo trataba de ahogar una exclamación.

–No deberías preguntarle algo así a un hombre cuando sé que debes de estar desnuda y frotándote con una toalla. Tenemos que ir de compras esta mañana. Me pasaré a recogerte sobre las doce.

–Pensé que íbamos a hacerlo en Dubái.

–Sí, pero hay algo que tenemos que comprar antes de irnos.

Se despidieron. Tenía dos llamadas más que hacer.

–Hola –le dijo a Sadiq en cuanto su amigo contestó.

–¿Qué tal, Jordan? Iba a llamarte esta mañana para que me pusieras al día con lo de Dubái.

–He vuelto a hablar con Qasim. La reunión sigue en pie y salgo para allí esta noche. Me llevo a Chloe conmigo.Decidí seguir tu consejo.

–¿Se las has robado a Dana? –preguntó Sadiq riendo–. No debe de estar muy contenta.

–Pienso indemnizarla para que contrate a alguien durante el tiempo que esté sin Chloe. Me limité a hacerle una oferta a Chloe que no pudo rechazar.

–¿Y?

–Digamos que hemos llegado a un buen acuerdo –le dijo riendo.

–Parece muy prometedor, ya me contarás.

–Se trata de un acuerdo de negocios que hemos de mantener en la más estricta confidencialidad.

Decidió que ni siquiera Sadiq necesitaba conocer los detalles del mismo, aunque tenía la sensación de que ya lo había adivinado.

–Ni una palabra a nadie, amigo –le advirtió–. Quiero mantener a la prensa alejada de esto. Y si Qasim y tú habláis y mi nombre sale en la conversación... Limítate a seguirle el juego con lo que te diga. Sea lo que sea, ¿de acuerdo?

–Buena suerte, Jordan.

Chloe esperó a Jordan en la terraza de su edificio. Con parte del dinero que había recibido de Jordan, había podido ingresar una cantidad importante en la cuenta de sus padres. Y aún le quedaba por cobrar la otra mitad del dinero acordado.

Ese viaje iba a ser una experiencia totalmente nueva para ella y tenía algo de miedo. Estaba mirando su reloj por enésima vez cuando vio un lujoso coche detenerse frente a su casa. Jordan salió por la puerta del copiloto y abrió la de atrás. Llevaba gafas de sol, un jersey color caramelo y pantalones vaqueros que resaltaban su apetitoso trasero. No pudo contener un suave suspiro de admiración mientras iba hacia allí.

–Buenos días –la saludó Jordan con una sonrisa que le recordó al beso de la noche anterior.

–Buenos días.

Era la primera vez que lo veía con ropa informal. Parecía más accesible y divertido, completamente diferente, pero igual de atractivo y sexy.

–Eres muy puntual –le dijo Jordan.

–Pareces sorprendido –repuso ella subiendo al coche.

–No, más bien satisfecho. Con otras mujeres siempre me ha tocado esperar –le confesó Jordan cuando entró en el coche y se sentó a su lado.

–Entonces es que has estado saliendo con las mujeres equivocadas –le dijo.

Jordan se quedó inmóvil y muy serio al oírlo.

–Puede que tengas razón.

Lamentó haberle dicho nada, no quería sonar como una novia celosa.

–Ponte las gafas de sol si quieres –le dijo–, la prensa siempre está donde menos te lo esperas.

Hizo lo que le había sugerido y salieron deprisa del coche hacia la puerta del edificio.

Subieron al primer ascensor disponible que encontraron. Cuando se abrieron las puertas, salieron a un hall de entrada con paredes de color violeta oscuro y una iluminación muy tenue. Se dio cuenta de que era una joyería. Y una muy cara, con joyas exclusivas.

Jordan le presentó a la recepcionista. La joven los llevó por un ancho pasillo, introdujo un código en una pesada puerta y los acompañó hasta una cómoda sala con vistas a la ciudad.

–No me gustan demasiado las joyas –le dijo ella.

–Ya me he dado cuenta –le dijo Jordan mirando sus manos–. Pero necesitamos alianzas.

–¡Claro! ¡Los anillos de boda! Ni se me había ocurrido –repuso ella–. Pero este sitio es… Podríamos haber ido a un sitio más barato. Después de todo, el matrimonio es falso.

Por un segundo, se preguntó cómo se sentiría si aquello fuera de verdad, pero prefería no pensar en cosas que nunca iba a tener.

–Soy el dueño de una mina de oro y la idea es conseguir un contrato con un fabricante de joyas –le explicó Jordan–. ¿Y si él o su esposa quieren ver las alianzas o el anillo de compromiso? Les llamaría la atención que no fuera de gran calidad.

–Claro, por supuesto –respondió ella–. No había pensado en ello.

Se dio cuenta de que iba a tener que estar más pendiente de esas cosas. Jordan pertenecía a un mundo completamente distinto al de ella y no convenía que nadie se diera cuenta de ello.

Entró en el salón un hombre de mediana edad con media docena de bandejas de joyas.

–Jordan, me alegro de verte –le dijo sonriente mientras dejaba las bandejas en una mesa de cristal–. Señorita Montgomery, bienvenida.

Kieron les fue mostrando anillos exquisitos, todos incrustados con diamantes u otras piedras preciosas. Jordan seleccionó un par de anillos muy llamativos y elaborados.

–¿Cuál de los dos prefieres? –le preguntó.

–¿No tiene una sencilla alianza de oro? –suplicó Chloe–. Algo delgado y sencillo.

Jordan la miró entonces a los ojos.

–Kieron, ¿nos podrías dejar solos un momento, por favor?

–Por supuesto. Voy a ver qué puedo encontrar que sea solo de oro –les dijo el joyero.

–No será necesario –respondió Jordan, sin dejar de mirarla–. Estoy seguro de que encontraremos algo aquí. Te avisaré cuando terminemos.

–¿Por qué? –le preguntó ella en voz baja mientras Kieron salía–. No quiero…

–No se trata de lo que tú quieras –la interrumpió Jordan–. Necesitamos algo ostentoso.

–¿Y tú? ¿No vas a comprarte una alianza?

Jordan abrió la palma de la mano y le enseñó un grueso anillo de oro. Era una alianza muy masculina con diamantes negros.

–No puedo permitir que me robes todo el protagonismo –le dijo Jordan.

–Pero, ¿por qué no elegiste algo más simple?

–Porque nuestros anillos son un símbolo. Queremos que todo el mundo sepa que estamos casados y somos felices. Y también que solo el oro de Rivergold es lo suficientemente bueno para el amor de mi vida.

–¡Oh! Entonces, ¿esta joyería es tuya?

–Sí, es una de mis empresas. ¿Qué te parece este? –le preguntó Jordan mientras le mostraba un anillo más pequeño.

La banda era una filigrana de oro que simulaba las hojas de una vid, salpicadas con pequeños diamantes. Era a la vez clásico, moderno y delicado.

Trató de convencerse de que no era el anillo más hermoso que había visto nunca pero le emocionó soñar con esa joya y lo que simbolizaba.

Sabía que aquello no era para siempre y eso la tranquilizaba. No quería acostarse con él y, mucho menos, enamorarse. Eso lo tenía muy claro, tan claro que…

–Creo que te quedará muy bien. Pruébatelo –le dijo Jordan.

Se inclinó hacia ella y le tomó la mano. Vio cómo le ponía el anillo en el dedo. Era una sensación muy extraña. Tenía cada terminación nerviosa a flor de piel donde él la tocaba. Su mano parecía muy pequeña sobre la de Jordan. No conseguía dejar de mirar sus manos enlazadas. Era como estar protagonizando el sueño de otra persona; ella nunca se había permitido soñar con fantasías como esa.

El anillo le quedaba perfecto. Parecía echo para ella.

–Chloe... –le dijo Jordan con voz profunda y muy masculina.

Chloe tuvo que contenerse para no suspirar. Jordan le atrapó la barbilla para que lo mirara a los ojos y sus ilusiones y sueños se hicieron añicos.

–El anillo –le oyó decir a Jordan.

Se dio cuenta de que había estado demasiado ensimismada para escuchar su pregunta.

–¿Sí?

–¿Qué te parece?

–Es precioso.

No podía creer que ese anillo hubiera sido suficiente para que se imaginara una historia romántica que no tenía ni pies ni cabeza.

–Muy bien –le dijo Jordan–. Entonces, vámonos.

Su tono frío la trajo de vuelta a la realidad.

–¿Me lo dejo puesto? –le preguntó ella.

–Claro, para eso lo vamos a comprar.

Se dio cuenta entonces de que él ya se había puesto su alianza. Jordan presionó un timbre de la mesa y ella sintió mil mariposas en el estómago.

Aunque todo era falso y no estaban casados, llevar esos anillos le dio la extraña sensación de que estaban conectados de alguna manera. Que estaban juntos.

Sabía que no era inteligente pensar así y que podía llegar a ser un juego muy peligroso. Tendría que devolver el anillo cuando Jordan lograra obtener el acuerdo comercial y ese sería el fin.

Cuando Kieron regresó Jordan se despidió cariñosamente del otro hombre.

–Cuida de esa mujer tan especial que tienes –le pidió Jordan.

Mientras el chófer les llevaba a un restaurante Jordan le contó a Chloe:

–Kieron trabajaba para nosotros en Perth. Su esposa tiene una enfermedad crónica y el tratamiento que necesita solo está disponible en Melbourne, de modo que lo trasladé de puesto.

–Cuéntame más. Quiero saber qué hace Jordan Blackstone por sus empleados.

–No tenía seguro médico privado y les he ayudado en lo que he podido.

–Bien hecho, Jordan. Eres un jefe compasivo y un hombre generoso.

–Puedo permitirme el lujo de ser generoso.

Le dio la impresión de que no le gustaban los halagos.

–No te preocupes –le dijo ella con una sonrisa mientras le tocaba suavemente el brazo–. No volveré a insinuar que eres un jefe generoso –le pareció que se había estremecido cuando ella lo tocó.

–Para que quede claro –repuso Jordan sin mirarla a la cara–. No soy tu jefe, somos socios.

–Socios de trabajo –repitió Chloe para que viera que ella también lo tenía muy claro.

Jordan y Chloe almorzaron en un comedor privado con vistas al muelle y al puente de Westgate. Hablaron de los detalles del viaje, de la etiqueta del país, sus costumbres y vestimenta. Trataron de que su historia fuera simple y tan próxima a la verdad como pudieron.

Decidieron pasar su espera en el aeropuerto por separado para no atraer la atención de la prensa. Tenía una sensación muy extraña en el corazón. Se sentía inquieta y engañada de alguna manera. Insatisfecha.

Cuando por fin subieron al avión, cenaron y pudieron relajarse viendo una película juntos, pero le daba la impresión de que Jordan estaba algo tenso.

Estaba siendo increíble viajar en primera clase. No estaba acostumbrada a esos lujos. Tenía bastante privacidad y podía tumbarse completamente en su asiento. A medianoche, se puso su antifaz para tratar de dormir al menos un par de horas, pero no pudo. Estaba demasiado emocionada para dormir. Se quitó el antifaz y trató de distraerse viendo películas. Estaba deseando llegar a Dubái, allí le esperaban un mundo y una vida completamente diferentes.

Pero no podía olvidar que no era una vida real y que tenía fecha de caducidad.

Jordan se distrajo mirando su alianza mientras pasaba la página del documento que había estado leyendo. Era un anillo que le resultaba muy familiar. Trató de recordar cuánto tiempo había pasado desde el día que Lynette Dixon y él decidieron comprometerse.

Seis años.

En la locura de ese momento, habían entrado en una joyería para comprar sus anillos de boda. Y eso que era el dueño de su propia mina de oro. Seguía sin entender cómo había conseguido manipularlo tan fácilmente. De la misma forma que su madre había manipulado y engañado a su padre.

Había conocido a Lynette en la universidad, una bella y joven rubia de la que se había enamorado rápidamente. A sus veintiséis años, debería haber sido capaz de tener más sentido común, pero perdió la cabeza por ella y también el corazón. Porque el mismo día que iban a fugarse a Las Vegas para casarse, descubrió que había estado jugando con él.

No entendía cómo había podido caer en su trampa. Sobre todo cuando había crecido viendo en sus padres el tipo de relación que no quería. Había visto el poder que su madre había tenido sobre su padre y todo porque Fraser Blackstone había amado a Ina ciegamente. Había sido esclavo de ese amor e incapaz de ver que ella lo engañaba con otro hombre.

Jordan había decidido conservar el anillo como recordatorio de que el amor podía debilitarlo hasta el punto de hacerle perder la cabeza. Pero no iba a dejar que le volviera a suceder.

Al amanecer, aterrizaron en Dubái. Los recibió el aire seco y fresco del desierto después de muchas horas metidos en el avión y respirando solo el aire acondicionado.

Chloe miró a su alrededor. Estaba muy emocionada.

–¿Lista, señora Blackstone? –le preguntó Jordan.

–Sí, señor Blackstone.

Un conductor uniformado los esperaba para llevarlos a la ciudad y les abrió la puerta de la limusina.

–*Ahlan wa Sahlan.* Bienvenidos –les dijo.

–*Ahlan bik* –respondió Jordan mientras esperaba a que Chloe se sentara para deslizarse a su lado–. Prepárate para lo que vas a ver –agregó mirándola a ella.

Él sonrió, pero no le aclaró nada.

Iniciaron la marcha y Chloe se sumergió en el paisaje, contemplando las dunas de arena, el tono entre rosado y anaranjado del cielo y los altos rascacielos brillando bajo el sol. Había grúas y construcción por todas partes, parecía estar creciendo a un ritmo frenético.

El famoso hotel de siete estrellas de Dubái apareció de repente frente a ellos, su forma curva se levantaba orgullosa bajo el sol como la vela de un inmenso barco.

–¡Es increíble! ¿A esto te referías cuando...?

No terminó la frase al ver que el chófer seguía hasta la gran entrada del hotel.

–¿Nos quedamos aquí? ¿Aquí? ¿En serio?

Estaba muy emocionada. Se giró de manera instintiva hacia él para abrazarlo, pero se detuvo justo a tiempo. Recordó que, mientras estuvieran allí, tenían que mantener una distancia respetuosa. No solo porque se trataba de los Emiratos Árabes Unidos, sino porque no estaba segura de poder detenerse en solo un abrazo.

Pero él no parecía preocupado por esas cosas. Después de todo, estaban en un coche con los cristales tintados. Se acercó a ella hasta que sus labios le tocaron el pelo para poder murmurarle algo al oído.

–Será una luna de miel inolvidable, rubia.

Trató de convencerse de que no pasaba nada por coquetear un poco, que era algo inofensivo.

–Estoy segura de ello, osito –repuso ella con una sonrisa.

Se sentía tranquila. Tenía la certeza de que Jordan no la tocaría a menos que ella se lo permitiera.

Chloe se quedó sin palabras momentos más tarde, cuando entró al vestíbulo. Las vistas desde allí de la arena dorada y las aguas turquesas eran espectaculares. Una hilera de personal los recibió como si fueran de la realeza. Les ofrecieron toallas para que se refrescaran, platos con dátiles y café recién hecho.

La decoración era ostentosa. Los rodeaban paredes de espejos, ricos cortinajes rojos y una espectacular cascada al lado de una escalera mecánica.

Tenían una suite de dos pisos con unas vistas impresionantes de la playa. Los botones subieron su equipaje y un par de empleadas comenzó a deshacer las maletas y a colgar toda su ropa.

Chloe se dedicó a explorar la lujosa suite. En el baño tenían un enorme jacuzzi de granito pulido con grifería de oro, una pared de espejos y una vista del horizonte. También había un despacho muy completo con todos los servicios al alcance del huésped. No faltaba ni un detalle.

La cama parecía salida de un cuento de *Las mil y una noches*, pero solo había una cama y ellos eran dos. No pudo evitar que la mente se le llenara de posibilidades, pero sabía que era mejor no pensar en ello. Le iba a costar mantener la cabeza fría.

Encontró a Jordan sentado en un rincón luminoso de la suite con vistas al mar. Estaba cortando un mango. Se sentó frente a él y miró a su alrededor.

–Podría acostumbrarme a esto –le dijo ella con un suspiro.

–Disfruta, pero no te acostumbres demasiado –le sugirió–. No volverá pasar.

–Por supuesto. Después de todo, es nuestra luna de miel. Aunque tú piensas presentar la factura como gasto de empresa, ¿verdad? –respondió ella–. Tu flamante esposa aún no te ha perdonado.

–A lo mejor, aunque sea de manera inconsciente, te has estado planteando mi sugerencia.

Pero Chloe sabía que no había sido su subconsciente. Era algo que no se quitaba de la cabeza.

–¿Qué sugerencia? Lo siento, ni siquiera he pensado en ello –mintió ella ruborizándose.

Sintió una oleada de calor que se le extendía por el cuerpo.

–Bueno, creo que me voy a dar una ducha.

La bañera era lo suficientemente grande como

para que cupiera un equipo de fútbol entero en ella. O un atractivo hombre de ojos azules que la miraba con intensidad.

Un par de horas más tarde, paseaban por las estrechas callejuelas del zoco textil, con sus pequeñas tiendas y una inmensa variedad de telas de todos los colores y materiales. Había todo tipo de atuendos, desde zapatillas árabes enjoyadas a faldas para bailarinas de danza del vientre o la última moda en elegantes trajes para hombres y mujeres de negocios.

Chloe dejó que la embriagaran el calor del desierto, los olores desconocidos y el sonido de las mezquitas llamando a la oración. Era un verdadero asalto a los sentidos.

Eligió un par de rollos de tela de seda. No sabía aún qué iba a hacer con ellos. Jordan insistió en llevarla a un sastre para que le confeccionaran algo.

–Pero ya me has pagado, Jordan. Esto no es necesario. De haberlo sabido, no las habría comprado. Prefiero pagarme yo misma mis cosas.

–No, Chloe, esta vez no. Quiero que interpretes el papel para el que te he contratado y que lo hagas bien. Los deseos de mi esposa son órdenes para mí.

Jordan era un hombre orgulloso y empezaba a conocer su tono lo suficiente como para saber que era mejor no discutir sobre ello. Al menos de momento.

Después del zoco textil fueron al centro comercial de Burjuman, donde estaban todas las marcas de lujo y se compró varios trajes y vestidos.

Jordan era muy protector con ella, fulminando con la mirada a los hombres, e incluso a algunas mujeres, que se quedaban ensimismados mirando su pelo rubio como si fuera de otro planeta. Y la forma en que la miraba cada vez que se probaba algo y se lo mostraba era muy halagadora.

Tenía que reconocer que, además de halagada se sentía excitada. Era como si tuviera un fuego en su interior que necesitara apagar.

Y estaba segura de que Jordan lo sabía.

Comieron en el centro comercial. Después, Jordan le sugirió que volvieran al hotel con la excusa de que tenía que trabajar. Pero le pareció más seguro despedirse de él y quedarse sola en la ciudad para explorar un poco por su cuenta.

Jordan cerró su ordenador portátil y frunció el ceño mientras contemplaba las magníficas vistas desde la suite. No había esperado tener que pasar la tarde solo. Después de las miradas que habían compartido esa mañana había estado convencido de que Chloe y él iban a pasar la tarde juntos en la suite.

Pero se había equivocado. No recordaba a una mujer que se le hubiera resistido tanto. Sobre todo cuando la atracción era evidente y mutua. Empezaba a impacientarse.

Sonó en ese instante su teléfono y contestó con una sonrisa.

–¿Me echabas de menos, rubia?

–¿Señor Blackstone?

Le sorprendió escuchar una voz masculina con cierto acento árabe.

«Maldita sea», se dijo mientras se ponía deprisa en pie.

–Sí, soy yo. Lo siento, pensé que era... Que era mi esposa la que llamaba –explicó Jordan tratando de calmarse–. Marhaba. ¿En qué puedo ayudarle?

–Marhabtayn. Llamo en nombre del jeque Qasim bin Omar Al-Zeid.

Jordan apretó con fuerza el teléfono.

–El jeque Qasim no va a poder recibirlo mañana como estaba previsto. Se ha producido una emergencia familiar y se pondrá en contacto con usted en breve. Me ha pedido que le pida disculpas y espera que acepte un regalo especial. Está celebrando su luna de miel, *¿na'an?*

–*Na'an* –contestó Jordan afirmativamente.

–Por favor, prepárense su esposa y usted mañana a mediodía para salir desde el helipuerto del hotel. En cuanto a equipaje, lleven lo necesario para pasar la noche fuera.

–*Shukran*. Es un detalle muy generoso. Le ruego que transmita al jeque Qasim mi deseo de que todo vaya bien con su familia y mi gratitud en nombre de mi esposa y el mío propio.

Mientras tanto, tenía que preparar su velada sorpresa, que incluía arena, mar y unas vistas celestiales. Fue al baño para ducharse y cambiarse antes de que volviera Chloe. Creía que, si jugaba bien sus cartas, cabía la posibilidad de que esa noche pasara algo más entre los dos.

Se rio de sí mismo al recordar lo que le acababa de pasar. No podía creer que hubiera sido tan estúpido como para responder una llamada sin mirar la pantalla para ver quién era. Era algo que no hacía nunca. Temía que su fascinación por Chloe estuviera interfiriendo en su trabajo.

Pero llegó a la conclusión de que no era posible. No podía estar fascinado ni hechizado por nadie. Eso implicaría una debilidad por su parte y él siempre tenía el control. Creía que Chloe no ejercía ningún poder sobre él. Se desnudó y se metió bajo el agua, algo más fría de lo habitual. Pensó que lo único que sentía era lujuria. Nada más.

Nunca había dejado que las mujeres interfirieran en su trabajo y creía que no tenía nada de lo que preocuparse. Estaba seguro de que todo volvería a la normalidad en cuanto se acostara con ella.

Y entonces podría centrarse completamente en el motivo que lo había llevado hasta Dubái.

Capítulo Cinco

–Esta noche te voy a dejar con la boca abierta, esposo mío –le anunció Chloe cuando regresó.

Jordan tenía le esperanza de que hiciera algo más que dejarlo con la boca abierta. La miró mientras se dejaba caer en el sillón más cercano y se quitaba los zapatos. No pudo evitar fijarse en sus bellos tobillos y su entrepierna reaccionó al instante.

Deseaba acariciar esos tobillos con las manos y con la boca, subiendo poco a poco por sus piernas, tocando sus pantorrillas, los muslos... Y seguir así hasta llegar al paraíso.

Cuando vio que Chloe se masajeaba un pie, se levantó.

–Deja que lo haga yo –le sugirió él.

Pero Chloe negó con la cabeza y le hizo un gesto para que se detuviera.

–De acuerdo –agregó Jordan–. Ya lo haré más tarde.

Ella lo miró con suspicacia unos segundos.

–Voy a necesitar una hora para prepararme antes de ir a esa cena romántica que has organizado para agasajar a tu querida esposa y, mientras lo hago, me gustaría que no estuvieras aquí.

–Me gusta que intentes mantener algo de misterio en nuestra relación. Eso la mantiene viva, ¿no te parece?

–No.

Le pareció ver algo de tristeza en su expresión. Pero no tardó en sobreponerse. Se encogió de hombros y lo miró a los ojos.

–Eso depende del misterio –le dijo ella.

–Y del hombre. No dejes que una mala experiencia lo estropee todo, Chloe–le dijo en voz baja.

–Jordan... –replicó Chloe–. No me ha afectado tanto, estoy bien.

–Me alegra oírlo.

Se quedó con la sensación de que le habían hecho daño más de una vez.

Sacó la chaqueta del traje y una corbata del armario y salió de la habitación para darse una vuelta por el hotel antes de regresar mientras la esperaba.

Chloe apareció puntualmente en la escalera mecánica y se quedó sin aliento al verla.

Llevaba un vestido largo que fluía como un río color esmeralda hasta sus pies. Se había puesto sandalias en un tono esmeralda más oscuro que le hacían juego con la cartera de mano.

Estaba muy elegante, perfecta para una cena íntima a la orilla del agua.

Lo envolvió su aroma mientras bajaba por la escalera hacia él. Era como si se hubiera dado un baño entre jazmines para espolvorearse después canela por toda la piel. Llevaba el cabello recogido y tuvo que contenerse para no abrazarla y enterrar su nariz contra su cuello.

–Tal y como me advertiste, me has dejado con la boca abierta –le dijo él.

Chloe sonrió al oírlo.

–Gracias. Tú también estás muy elegante, como de costumbre.

Le ofreció el brazo y ella lo aceptó.

–Hace una noche maravillosa.

–Y no ha hecho más que empezar –agregó él.

Ella lo miró de reojo, pero no respondió.

Caminaron hasta la mesa que había reservado para ellos. Habían colocado una alfombra persa en la arena y la mesa estaba rodeada por lámparas de latón marroquíes y quemadores de incienso.

–¿Sabe tu amigo Sadiq por qué me has contratado? –le preguntó Chloe después de que se sentaran y pidieran la comida.

–Sabe que has venido conmigo –le contestó él–. ¿Y tú? ¿Se lo has dicho a tu familia?

–No. A lo mejor debería haberlo hecho, pero…

–¿En qué estabas pensando?

Chloe se quedó pensativa unos segundos.

–He depositado bastante dinero en su cuenta y estaba pensando que podría seguir en Melbourne más tiempo, trabajando para Dana. No necesitan saber aún que estoy de vuelta en Australia.

–¿No quieres ir a verlos?

–No. ¿Para qué? Yo fui su desliz, eso es lo que soy –le dijo Chloe como si el tema no le doliera–. Soy la menos inteligente de la familia.

Frunció el ceño al oír sus palabras. Le dolía que su familia le hiciera sentir que no valía. Pero la entendía perfectamente. Ina siempre se había arrepentido de haber tenido un hijo y lo había castigado por ello durante toda su vida.

–Creo que no les debes nada. ¿Por qué has querido ayudarlos?

–Porque, sean como sean, son mi familia –le contestó Chloe mirándolo con honestidad a los ojos–. Sé que me entiendes, por eso estás aquí en Dubái, por tu familia.

Se dio cuenta de que tenía razón. Lo estaba haciendo por su padre y eso que no había sido perfecto, ni mucho menos. No lo había defendido y había estado más pendiente de una esposa que no lo merecía que de un hijo que lo necesitaba. Una vez más, llegaba a la conclusión de que el amor hacía débiles a las personas.

Pero no quería pensar en esas cosas. Era una noche maravillosa y estaba en un lugar paradisiaco en compañía de una mujer atractiva e interesante.

La miró y levantó su copa hacia ella.

–Esta noche no es para hablar de las familias, rubia. Es para nosotros.

Les sirvieron poco después la comida. Tajín marroquí de pollo con naranja y canela, brochetas de cordero con salsa de guindas y pan de pita.

Se dio cuenta de que a Chloe le gustaba conversar y no tenía miedo a desafiar sus puntos de vista ni a estar en completo desacuerdo con él. Era algo que no solía pasarle con otras mujeres, que ponían a prueba su capacidad para aburrirse.

Cuando llegó la hora del postre, compartieron

un delicioso helado de chocolate mientras contemplaban la puesta del sol. Poco a poco fue haciéndose de noche, salieron las estrellas y bajaron mucho las temperaturas.

Chloe apoyó los codos en la mesa y se quedó mirando la belleza que los rodeaba y la bella luna.

–Podría quedarme mirándola durante horas –le dijo.

–Ya te dije que te iba a llevar a un lugar celestial.

–¿Sí? –preguntó ella–. Creo que no me llegó esa notificación.

–A lo mejor se me olvidó mencionarlo –repuso Jordan levantándose y ofreciéndole la mano–. Vamos a dar un paseo, quiero mostrarte algo.

Chloe se quitó los zapatos y dejó que Jordan la llevara a unos metros de allí, lejos de la luz de las lámparas y las velas. Se puso detrás de ella y señaló dos estrellas.

–Esa estrella es en realidad Venus y la otra, Júpiter.

Ya lo sabía, pero no le dijo nada. Era excitante contemplar el cielo con Jordan detrás de ella. Aunque no la tocaba, podía sentir su calor y su aliento.

Había bebido varias copas de vino y olvidó por un momento todas las razones por las que le convenía mantener las distancias. Volvió la cabeza y lo miró a la cara.

–¿Y dónde está la Osa Mayor? –le preguntó inocentemente.

Jordan la señaló con la mano. Había levantado el brazo derecho para hacerlo y cerró un instante los ojos al sentir su aroma dulce, masculino y tentador.

–No se puede ver desde Australia –le explicó Jordan.

–No. Pero podemos ver las tres estrellas más brillantes en el cielo y la Cruz del Sur, que es mi constelación favorita –contestó ella mirándolo a la cara–. Y durante este mes, Saturno es visible por las mañanas y aparece cerca de las Pléyades.

Jordan sonrió.

–Me has engañado...

–Sí, es verdad.

–Debería vengarme tomándote entre mis brazos y besándose hasta dejarte sin aliento.

Pero no lo hizo.

–Puede que te dejara hacerlo –murmuró ella–. Pero no va a ocurrir. No estamos en Australia.

–Y aunque estuviéramos allí, lo que quiero hacerte no puedo hacerlo en una playa pública, rubia. Te llevaría a un lugar apartado donde nadie pudiera interrumpirnos durante mucho tiempo.

Se estremeció al oírlo y su cuerpo reaccionó al instante. Bajó la vista y vio que estaba tan excitado como ella.

–¿Y qué harías en ese lugar tan apartado?

Jordan apretó con fuerza la mandíbula mientas la fulminaba con la mirada.

–Ven aquí –le dijo mientras le ofrecía la mano.

–¿Aquí? –repitió ella mirando a su alrededor. ¿Has olvidado dónde estamos?

–No. Sígueme.

Fueron a buen paso por la arena hasta llegar a una fila de cómodas tumbonas. Cerca de allí, algunos comensales disfrutaban de sus cenas en la terraza del hotel. Jordan se detuvo al llegar a las tumbonas y la miró. Había fuego en sus ojos y deseaba tocarlo, acariciarlo…

–Si quieres saber lo que te haría te lo voy a decir. Aquí mismo y ahora mismo –susurró él.

Se sentó en una de las tumbonas y le hizo un gesto para que se sentara frente a él. Sus rodillas estaban muy cerca, pero Jordan no trató de tocarla ni ella a él. A los ojos de cualquiera, parecían una pareja respetable que estaba simplemente hablando.

–Coloca las manos en la tumbona, una a cada lado de tus muslos –le ordenó Jordan–. Y échate un poco hacia atrás para que pueda ver bien la forma de tus pechos.

Sus pezones respondieron inmediatamente a su petición. Le faltaba el aire.

–Separa un poco las piernas. No demasiado, lo suficiente para que mi mano pueda deslizarse entre ellas.

A Jordan no se le pasó por alto que sus palabras la habían alarmado, porque no tardó en aclararle lo que iba a hacer.

–No te preocupes, va a ser sexo sin contacto.

–¿Cómo el sexo telefónico? –le preguntó ella separando levemente las piernas.

El vestido era tan largo que no había nada impropio en la postura. Parecía estar completamente relajada mientras admiraba la luna.

–Es mucho mejor que el sexo por teléfono porque puedo verte –le susurró Jordan–. Puedo olerte, puedo ver cómo responde tu cuerpo y ver que te estoy excitando –agregó–. Creo que ya lo estoy consiguiendo. Tu respiración se ha vuelto más rápida y superficial y tus pupilas han aumentado. ¿En qué estabas pensando?

–Si te lo digo, ¿dónde está el misterio? –protestó ella sintiéndose muy vulnerable–. ¿Esto va a ser para mí o podré devolverte el favor?

–Todo para ti, rubia –le dijo Jordan en voz baja–. Tienes un pelo maravilloso, pero tienes que soltártelo. Voy a quitar ese prendedor que te está torturando –agregó mientras le hacía un gesto con la mano–. ¿Puedes hacerlo por mí?

–Podría, pero...

Sus ojos azules la hipnotizaron y no pudo terminar la frase. Se quitó el prendedor y se sacudió la melena para que le cayera libremente por los hombros.

–Ahora te estoy masajeando el cuero cabelludo –continuó él–. Has utilizado el champú del hotel, puedo oler su aroma a melocotones.

–Sí –repuso ella cerrando los ojos para concentrarse en la voz y escapar de esa mirada penetrante que parecía conocerla demasiado bien.

–Tienes un pelo muy suave, parece de seda. Ahora bajo por tu garganta con las manos y las deslizo hacia atrás, bajando lentamente la cremallera del vestido. Mientras tanto, te beso el cuello, lamiendo la dulzura de tu piel. Voy tocando cada vértebra con mis dedos hasta llegar a la base de la columna vertebral –fue describiendo Jordan poco a poco–. Desengancho el sujetador y te quito el vestido y el sostén a la vez. Las prendas caen al suelo y puedo sentir el calor de tu piel y tu aroma. Especias orientales, jazmín y excitación. Abre los ojos. Mírame, quiero que veas lo que has hecho conmigo.

Lo que vio en esos ojos azules hizo que se derritiera por completo y lo que oyó le acarició el interior como un guante de seda. Había deseo, calor y excitación en su mirada. Ella se sentía como un gatito, arqueándose hacia él, deseando que la tocara.

–Y yo he hecho lo mismo contigo.

–Sí... –confesó ella cerrando los ojos.

–No dejes de mirarme –le ordenó con firmeza–. He estado imaginando tus pechos desde que te vi con ese traje tan sexy y demasiado estrecho. Son firmes y voluptuosos, con pezones rosados como fresas. Saben a champán y…

–Jordan, ya basta... –murmuró ella.

–No lo dices de verdad. ¿Puedes sentir la presión de mi lengua mientras te dibujo un círculo alrededor de los pezones y los atrapo entre los dientes?

Chloe tragó saliva. Podía imaginarse demasiado bien todo lo que describía.

–Jordan... Por favor...

–De acuerdo, si insistes… –la interrumpió Jordan.

Sus palabras eran tan poderosas e intensas que casi podía sentir cómo tocaba sus pechos y respiraba sobre su escote.

–Creo que ya es suficiente... –susurró ella.

–No, no he hecho más que empezar. Relájate y deja que te toque –le pidió Jordan–. Mi mano está deslizándose entre tus muslos muy lentamente. Son muy suaves, increíbles, y no puedes dejar de temblar. Mis dedos están llegando al borde de tu ropa interior. ¿Puedes sentir el calor? –le preguntó sin dejar de mirarla–. Yo sí puedo.

–Jordan, necesito... Necesitamos…

–Sí. Lo sé –repuso él sonriendo–. Todo ese control que tenías se ha desvanecido, ¿verdad?

Se quedó sin palabras. Nunca se había sentido tan excitada, podía sentir la humedad entre sus piernas, estaba lista para él.

–Suspiras y separas un poco más las piernas mientras yo deslizó un pulgar bajo tus braguitas y te encuentro muy resbaladiza, húmeda y caliente. ¿Lo sientes, rubia? ¿Puedes sentirlo?

Sus párpados revolotearon mientras se retorcía en la tumbona.

–Sí...

–¿Dónde? ¿En el lugar donde mis dedos juegan contigo o donde te beso en el cuello?

–No… No lo sé –gimió ella con desesperación–. En todas partes…

–Estás oyendo el sonido de tus braguitas de encaje desgarrándose cuando te las arranco para poder deslizar un dedo dentro de ti, pero quieres más... Separa más las piernas, quiero verte.

Abrió los ojos y se encontró con los de él.

–Acarícieme –le suplicó ella–. Saboréame.

El repentino sonido de un móvil destrozó la fantasía. Chloe se sobresaltó como si acabaran de sorprenderla cometiendo un delito. Durante unos segundos, no se movieron ni hablaron. Se limitaron a mirarse a los ojos.

Jordan sacó el móvil de su bolsillo y miró la pantalla.

–Tengo que contestar, es mi secretaria –le explicó mientras se levantaba de la tumbona–. Hola, Roma. ¿Qué es lo que ocurre?

Se alejó de ella y se detuvo junto a unas plantas tropicales. No podía oír las palabras, pero hablaba con frases cortas y firmes. Le dio la impresión de que había algún problema y que era algo urgente.

Suspiró frustrada. Ella también tenía un problema urgente y necesitaba la atención de Jordan.

Era obvio que esa llamada daba por terminada la velada. Creía que era mejor así. De haber seguido un minuto más con él, le habría suplicado que la llevara a su habitación y terminara lo que había empezado con ella.

Había estado a punto de permitir que un hombre anulara sus decisiones. Una vez más.

–Chloe.

Se giró para mirar a Jordan.

–Voy a subir a la habitación –le dijo ella–. No intentes nada. Ya te he dejado claro que no quiero poner en peligro nuestra relación profesional...

–Me llamaban de Perth –la interrumpió Jordan con preocupación mientras caminaba hacia ella–. Hay un problema en una de las minas.

–¡Oh, no! –exclamó Chloe–. ¿Es serio?

–Parece que nadie lo sabe aún con certeza.

–¿Hay algo que pueda hacer yo para ayudar? ¿Quieres que espere contigo hasta que te llamen?

Jordan estaba demasiado ocupado con su móvil para mirarla.

–No, esto no es tu problema, Chloe. Ve a la habitación.

Jordan le estaba dejando muy claro que no la necesitaba. Su tono y su lenguaje corporal le dijeron que no la quería a su lado.

–Recuerda que estoy aquí si necesitas a alguien.

–De acuerdo...

Volvió al hotel con la sensación de que ella no existía para él.

En cuanto Chloe llegó a la suite abrió su portátil y se conectó a Internet. Había visto algo tan triste en sus ojos cuando habían hablado de la familia, que había despertado su curiosidad.

Encontró un artículo sobre sus obras de caridad. Rapper One era una fundación destinada a adolescentes con problemas familiares o situaciones de abandono. Organizaban campamentos en el bosque cada seis meses. Además de recaudar fondos, Jordan se encargaba directamente de contratar monitores y psicólogos para esos niños, incluso trataba con los chavales enseñándoles cómo los mineros trabajaban para encontrar oro y encargándose de mejorar su seguridad y su autoestima.

***

Jordan se aflojó la corbata y se pasó una mano por el pelo, deseando que su teléfono sonara de una vez. Se sentía muy impotente. Le entraron ganas de tomar el primer vuelo de vuelta a Australia. Era su mina y su responsabilidad. Temía haber pasado por alto alguna medida de seguridad.

En cuanto oyó el primer sonido, contestó la llamada.

–¿Qué ha pasado?

No tardó en sentir un gran alivio. Solo había sido un malentendido. Un par de mineros que habían creído atrapados bajo tierra habían aparecido sanos y salvos.

–Siento mucho haberte molestado y preocupado, Jordan. Disfruta del resto de su viaje.

Maldijo entre dientes mientras apagaba el teléfono, aunque había sido una suerte que no hubiera pasado nada. Fue a la terraza del hotel y pidió un whisky doble y sin hielo.

Desde la mesa veía las tumbonas donde había estado con Chloe y la mandíbula se le tensó. Había estado tan hipnotizado por culpa de esa mujer que había estado a punto de no contestar la llamada. Era algo que no se podía permitir. No era la primera vez que le ocurría algo parecido. Ocho años antes, una mujer lo había convencido para que se quedara un poco más. Por su culpa había perdido un vuelo y su padre había muerto ese día. Había puesto los deseos personales antes de lo que era importante en su vida.

Y creía que algo parecido le había pasado con Lynette, le había dado prioridad en su vida y ella lo utilizó y jugó con sus sentimientos.

Miró el whisky que el camarero acababa de llevarle, era del mismo color que los ojos de Chloe. Apuró todo el licor de un trago, lo necesitaba.

El teléfono había sonado en el peor momento, pero ella no le había pedido que lo ignorara como habrían hecho otras mujeres y se había mostrado preocupada de verdad.

Se quedó reflexionando en la terraza un buen rato. Después, subió a la suite y fue directo al dormitorio. Vio que Chloe no estaba en la cama, pero había colocado todos los cojines disponibles en el centro para separarlos. No pudo evitar sonreír. Creía que, si quería, podría conseguir que su exuberante cuerpo se retorciera de placer entre sus brazos, pero respetaba la decisión de Chloe.

Oyó movimiento en la habitación de al lado. Aunque estaba en la penumbra, le pareció distinguir su figura contra la ventana.

–Chloe –la llamó.

Ella se dio la vuelta de inmediato. Parecía preocupada y muy cansada.

–¿Te han llamado? ¿Qué ha pasado? ¿Está todo bien? –le preguntó yendo hacia él.

–Sí, todo está bien. Después de todo, parece que no hubo ningún accidente.

Chloe suspiró aliviada.

–¿Y por qué demonios no confirman bien las cosas antes de llamarte y preocuparte cuando estás al otro lado del mundo? –le dijo enfadada–. Espero que se lo hayas recriminado.

Sonrió al ver lo indignada que estaba.

–Prefiero que me mantengan informado en todo momento. A lo mejor no les gustaba la idea de imaginarme disfrutando de este paraíso –le dijo él sonriendo–. Pensé que estarías dormida.

–¿Cómo iba a dormirme cuando no sabía lo que había pasado? Tenía que esperarte.

Frunció el ceño. Esa mujer no dejaba de sorprenderlo.

–No esperaba que lo hicieras –le dijo–. No espero que lo hagas.

–¿No es eso acaso lo que hace una buena esposa? –le preguntó ella con fuego en los ojos–. Mi trabajo consiste en estar aquí para apoyar a mi esposo en todo lo que pueda.

–No te pago para que te involucres en los problemas relacionados con el trabajo, Chloe.

–¿No me pagas...? –repitió ella con más fuego aún en la mirada–. Me pagas para que sea tu esposa. No sé por qué, pero haces que mi trabajo suene muy sucio y barato.

–¿Barato? No era mi intención decir algo así. Todo lo relacionado con nuestros acuerdo profesional me está costando muy caro –repuso–. Estás cansada, Chloe. Vete a la cama.

–Eso iba a hacer –replicó furiosa–. Pero, para que conste, no estaba preocupada porque me hayas pagado para que me preocupe, sino porque me importa.

Sus palabras lo golpearon como un puñetazo en el estómago.

–No es necesario –le espetó él.

–Muy bien, denúnciame por incumplimiento de contrato –le dijo ella metiéndose en la cama.

Sospechaba que esa conversación no iba a terminar bien y no podía permitir que nada pusiera en peligro el acuerdo.

Esperaba que estuviera de mejor humor al día siguiente, cuando le dijera durante el desayuno que el jeque les había organizado una escapada.

Cuando Jordan despertó después de una agitada noche plagada de sueños eróticos, vio que Chloe no estaba a su lado. Decidió que era mejor así. Pero podía oler el aroma de su champú y el del café recién hecho.

Se puso los vaqueros y fue en su busca. Encontró a Chloe sentada a la mesa del comedor hojeando unos folletos turísticos. Llevaba el pelo recogido y se había puesto un vestido azul marino bastante conservador. Le pareció muy adecuado para Dubái.

–Buenos días –la saludó.

Ella levantó la vista y se fijó instintivamente en su torso desnudo un segundo. Después, volvió a su lectura.

–Bue-buenos días –tartamudeó Chloe–. No sabía qué querrías y he pedido un poco de todo.

–Te has levantado muy pronto. Querías levantarte antes de que me despertara yo, ¿verdad?

Chloe sintió que se ruborizaba. Bajó la cabeza un poco más para disimular.

–Soy madrugadora.

–Yo también puedo serlo –murmuró él con picardía.

Jordan se inclinó hacia ella hasta rozarle el oído con la boca.

–¿Por qué no me despertaste?

Contuvo la respiración y se le aceleró el pulso. Su voz ronca y cargada de deseo le recordó lo que había pasado la noche anterior, cuando había estado a punto de perder el control. Era un alivio que fuera a pasar esa mañana en un spa que era solo para mujeres. Pensó que a lo mejor alargaba las sesiones para estar allí todo el día.

–Los dos sabemos por qué –le contestó ella.

–Me pregunto si las cosas seguirán igual mañana por la mañana –le dijo Jordan.

–Mañana por la mañana será igual que hoy.

–Me temo que no. El jefe Qasim nos ha invitado a una velada muy especial, una luna de miel al estilo árabe. Ha tenido una emergencia familiar y es su manera de disculparse por posponer la reunión.

–¿La ha pospuesto? –le preguntó ella sin poder contener el pánico–. ¿Cuándo va a ser?

–Aún no lo sé, pero seguro que nos lo dirán muy pronto. No te preocupes tanto.

–Pero ¿a qué se refiere con lo de luna de miel árabe?

–No lo sé. Es un misterio para mí también. Tenemos que estar preparados y con una bolsa de viaje al mediodía.

No podía hacerlo. Lo último que necesitaba era una escapada romántica con él.

–Ve tú, Jordan. Yo tengo cita en un spa.

–Pues vas a tener que cancelarla. ¿Acaso has olvidado por qué estás aquí?

–No –repuso ella con firmeza–. Sé por qué estoy aquí y no es para acostarme contigo.

Algo en los ojos de Jordan le dijo que se había pasado de la raya con sus palabras.

–Estás aquí como mi esposa –le recordó con firmeza–. Al menos para nuestro anfitrión.

–Pero él no va a estar…

–Su personal sí, Chloe –la interrumpió Jordan–. Tu cuenta bancaria es una prueba de nuestro nuevo y feliz matrimonio.

–Sí, de acuerdo –repuso ella tragando saliva.

Se sentía avergonzada y humillada, pero sabía que Jordan tenía razón y derecho a decirle lo que esperada de ella. Creía que, aunque le molestara cómo le estaba hablando, era justo lo que necesitaba para no olvidar por qué estaba en Dubái con el señor Blackstone.

Cuanto más tiempo pasaban juntos, más peligrosa era la situación. Según lo acordado, fingiría ser una recién casada en público, pero no iba a pasar nada más.

Capítulo Seis

Fue una mañana silenciosa e incómoda. Trataron de preparar el equipaje y estar listos para el viaje mientras mantenían las distancias.

Más tarde, Jordan estuvo algún tiempo fuera del hotel y ella pudo por fin respirar tranquila.

El helicóptero que iba a trasladarlos llegó puntual. El piloto les dijo que el viaje iba a durar treinta minutos y que volarían sobre la costa.

Chloe nunca había volado en un helicóptero y le pareció que era una especie de alfombra mágica.

En un momento dado, Jordan le pasó un brazo por los hombros y le señaló un grupo de animales que se desplazaba por las dunas de arena.

–¿Son camellos? –le preguntó ella tratando de ignorar su cercanía y su aroma.

–Sí, las tribus beduinas los usan como dote para las novias.

–Mi padre habría tenido que entregar camellos para deshacerse de mí –murmuró ella.

–Yo te habría aceptado, rubia –le aseguró Jordan–. Incluso sin camellos.

Durante unos minutos, se olvidó de que estaban actuando y se apoyó en él, admirando la vista y disfrutando de su compañía.

Había dunas de arena de todos los colores y escasa vegetación. El helicóptero comenzó a descender cerca de una casa que parecía un castillo rodeado de palmeras.

Allí los esperaba Kadar, un conductor con un todoterreno. Atravesaron con él las enormes puertas de seguridad y subieron por unas dunas hasta llegar a la cima.

Se quedaron sin palabras al ver el paradisiaco jardín. Les pareció que estaban dentro de un sueño o de una exótica película.

Habían levantado una enorme carpa blanca, como las que se utilizaban en las bodas. También había una piscina de aguas esmeraldas y una relajante fuente entre exuberantes palmeras y otros tipos de vegetación.

–Es precioso –susurró ella.

–Y está lo suficientemente cerca de la costa para que llegue la brisa marina –les dijo Kadar mientras sacaba sus bolsas del todoterreno y las llevaba a la tienda.

–Vamos, rubia –le pidió Jordan tomándole de la mano mientras bajaban del coche–. Vamos a explorar lo que será nuestro hogar las próximas veinte horas.

El interior de la tienda era más fresco de lo que esperaba. Se quitó las gafas de sol y miró a su alrededor. Aquello parecía un palacio. Había cómodos sofás de piel, cortinas de seda, alfombras persas, delicados cojines de todos los colores y tamaños, lámparas marroquíes... Alguien les había dejado en una mesa de centro un plato de fruta fresca y una botella de vino enfriándose en una cubitera con hielo.

En el otro extremo de la tienda había una enorme cama con dosel y cortinas de seda doradas y granates. Los almohadones parecían muy suaves y cómodos. Jordan tiró de su mano y la hizo girar hacia él con una sonrisa juguetona.

–Se me ocurren muchas maneras de pasar el día en un sitio como este... –le dijo él.

Kadar se aclaró la garganta para recordarles su presencia.

–Si necesitan algo en cualquier momento, un miembro del personal estará a su servicio. Puede utilizar este dispositivo de comunicación –le explicó mientras se lo entregaba a Jordan–. Avisen cuando estén listos para comer o cenar. Aquí tienen una nevera llena y ropa de cama extra. La comunicación con el mundo exterior no es posible desde la tienda. Si necesitan ponerse en contacto con alguien, puedo recogerlos y llevarlos a la casa –agregó mirando a uno y al otro–. Nadie los interrumpirá aquí. Es privado.

Jordan le apretó la mano.

–El mejor sitio para una luna de miel perfecta. ¿Verdad, rubia? –le preguntó Jordan.

–No podría ser más perfecta, osito –repuso ella.

Se despidieron de Kadar y le dieron las gracias por su amabilidad. Los dos se quedaron en la entrada de la tienda viendo cómo se alejaba el todoterreno.

Después, solo se oía el agua de la fuente y poco más. Había tanta tranquilidad allí que casi podían oír los latidos de su corazón.

Era como estar en el paraíso. Los colores del cielo, la arena y las plantas que se reflejaban en el agua… Pero no era perfecto.

–Tengo algunos asuntos que atender –le dijo Jordan mientras iba a la mesa donde había dejado el maletín y sacaba unos documentos–. Seguro que una chica como tú puede entretenerse sola.

Sintió dolor ante la repentina distancia entre ellos, pero no dijo nada,

–Por supuesto, lo he estado haciendo toda mi vida –le contestó.

Trató de convencerse de que era mejor así. Fue a su bolsa de viaje y sacó el bañador, un sombrero y protector solar. Pensaba sentarse a leer bajo las palmeras y refrescarse después en el agua.

Jordan apenas podía controlar la adrenalina que le corría por las venas. Kadar acababa de llamarlo para decirle que el jeque Qasim había dejado un mensaje en la casa. Quería decirle a Jordan que estaba deseando conocerlo al día siguiente.

Miró el informe de la expansión de una de las minas. Había tenía intención de leerlo desde que salieron de Australia, pero no lo había hecho aún.

Le había dicho a Chloe que tenía trabajo que hacer, pero era mentira. Lo que necesitaba era mantener las distancias.

No entendía por qué había reaccionado tan mal cuando Chloe le sugirió que se fuera él solo. Le había parecido ver miedo en sus ojos y se sentía despreciable. Había mucha tensión entre los dos y sabía que él era el culpable.

Fue a la nevera y sacó dos refrescos. Creía que si alguien tan aventurero como Chloe se había negado en un principio a acompañarlo a ese viaje era porque él se lo había exigido. Y así había echado a perder la relación que habían estado construyendo.

Se acercó a la puerta de la tienda y vio a Chloe tendida boca abajo en un banco y leyendo un libro. El sombrero y las gafas le cubrían la cara y no sabía cómo estaría de ánimo. Observó su esbelto y sensual cuerpo. Solo lo cubría un bañador amarillo de una pieza y su piel brillaba bajo el sol.

Resopló y abrió uno de los refrescos. Bebió un buen trago sin dejar de mirarla.

La reunión que tenía al día siguiente era la más importante de su carrera y sabía que debía estar concentrado en su trabajo. Creía que solo iba a conseguirlo si dejaba de pensar en ella. Salió de la tienda y fue hacia Chloe.

Se había cansado de mirarla y de fantasear.

Chloe notó que Jordan se le acercaba, era como si hubiera desarrollado un sexto sentido. Se dio cuenta de que era demasiado tarde para fingir que estaba dormida.

Creía que los dos querían lo mismo, por eso había tanta tensión en el ambiente. Pero no quería reconocerlo. Tenía que detenerlo antes de…

Se quedó sin aliento cuando sintió algo frío en la espalda. Se dio cuenta de que era la crema.

–¿Qué haces? –le preguntó mientras se levantaba.

–¿Adónde vas tan deprisa, rubia? Antes te tengo que extender esa crema –le dijo Jordan.

–Lo has hecho a propósito y eso es trampa.

–Lo sé. Y lo mejor de los bañadores de una pieza es que dejan mucha espalda al descubierto –le dijo mientras la acariciaba desde la nuca a la cintura.

–Muy bien. Entonces, frótame la espalda. No puedo ir a la piscina así…

–No –respondió él extendiendo la crema–. ¿Qué diría nuestro anfitrión?

–Prefiero no imaginarlo... –susurró ella intentando no gemir.

Le masajeó con firmeza y sensualidad la nuca y fue bajando poco a poco. Podía sentir su cálido aliento en la piel.

–Bueno, creo que ya es suficiente. Ya puedo meterme en el agua –le dijo mientras se daba la vuelta para mirarlo.

Jordan sonrió sin dejar de mirarla con sus seductores ojos. Se sentía completamente cautiva.

–Además, tienes trabajo que hacer. No quiero entretenerte.

–Ya no hay más trabajo por hoy. Es la hora del recreo... –murmuró quitándose los zapatos y desabrochándose la camisa–. He traído unos refrescos.

–No quiero, gracias.

Corrió los pocos pasos que la separaban de la piscina y se metió de un salto en el agua. Cuando salió a la superficie, Jordan tenía el torso al desnudo y se quitaba los calcetines.

Se quedó ensimismada mirando sus anchos hombros, la definición de sus músculos y sus deliciosos abdominales. Era un dios de bronce que la dejaba sin aliento.

–¿Qué estás haciendo? –le preguntó a pesar de que la respuesta era obvia.

–¿A ti qué te parece? –respondió Jordan desabrochándose los pantalones vaqueros.

El estómago le quedó al descubierto con un fino bello que bajaba hacia...

–Jordan...

No podía dejar de mirarlo. Sabía que era peligroso, pero no podía dejar de hacerlo.

–Jordan, no lo hagas. Lo digo en serio.

–Yo también –le dijo sonriendo–. Date la vuelta si no quieres ver nada.

Se mordió el labio inferior.

–No te atreverás a...

En cuanto las palabras salieron de su boca se dio cuenta de que había cometido un gran error. Nada como un desafío para conseguir que lo hiciera.

–No, espera. No era mi intención...

Se interrumpió al ver que se quitaba los vaqueros y suspiró aliviada cuando vio que llevaba calzoncillos. Eran de seda roja y muy abultados en la parte delantera. Se quedó sin aliento.

En ese momento, tuvo las cosas muy claras. Por fin estaba segura.

Lo deseaba. Quería tenerlo sobre su cuerpo y entre sus piernas. Quería que estuviera dentro de ella. Lo quería todo y se había cansado de fingir lo contrario. Esa atracción no iba a desaparecer por mucho que luchara contra ella.

–Voy a meterme en la piscina –susurró Jordan mientras la miraba a los ojos.

–Gracias a Dios –murmuró ella.

Sin dejar de mirarla, fue a la piscina y se deslizó hasta que quedaron los dos con el agua por la cintura y muy cerca el uno del otro. El corazón le latía con fuerza, por fin habían dado el paso.

Pero Jordan no hizo ademán de tocarla, estaba esperando que lo hiciera ella.

–Te deseo –le susurró mientras extendía la mano hacia él para acariciarle la mandíbula.

Observó cómo bajaba por su garganta y empezaba a acariciarle el torso como si esa mano no le perteneciera. Jugó con sus pequeños pezones e, inclinándose hacia él, besó uno y luego el otro. Lo oyó gemir y podía sentir el fuerte latido de su corazón. Exploró después sus abdominales y notó cómo se contraían los músculos bajo sus dedos.

Descendió poco a poco por su torso hasta que su mano quedó bajo la superficie del agua y llegó a la cinturilla del calzoncillo, pudo sentir su erección contra la mano y Jordan contuvo el aliento.

Ella lo miró de nuevo a los ojos. Todo su rostro estaba tenso y tenía fuego en los ojos.

–Chloe... –susurró Jordan muy serio sin apenas poder esconder la urgencia en su voz–. Invítame tú... Pídeme que...

No esperó a que terminara la frase. Lo besó brevemente y lo rodeó después con su cuerpo. Era increíble sentir su piel fresca y suave en el agua después de haber estado tomando el sol.

–Chloe...

Jordan fue directo a sus hombros para bajarle los tirantes del bañador. En cuanto descubrió sus pechos, no tardó ni un segundo en tocarlos, acariciando con los pulgares sus tensos pezones y haciendo que se estremeciera todo su cuerpo. Era como el erótico juego de la noche anterior en el jardín del hotel, pero mucho más excitante.

–Jordan... –murmuró ella entre gemidos.

No tenía que decirle nada más, se entendían sin palabras. Y sabía que nada ni nadie los iba a interrumpir esa vez. Jordan se quitó el bañador y, sin saber de dónde lo había sacado, se puso un preservativo por debajo del agua mientras ella se deshacía de su propio traje de baño.

Se quitó también la goma del pelo y se pasó los dedos por el cabello. Se sentía como una diosa frente a su dios.

Se deslizaron juntos hasta una zona más profunda de la piscina. Cara a cara, piel con piel y frente a frente. Sus piernas estaban entrelazadas y podía sentir su erección caliente y dura contra el vientre. Pero no estaba lo suficientemente cerca de ella, necesitaba sentirlo más cerca aún.

Era una delicia estar así con él en esa agua tan fresca. Era como si el mundo se hubiera detenido.

–Este lugar es nuestro –le dijo ella con firmeza–. Y también lo es este recuerdo.

Creía que nadie iba a poder quitarle eso. Tomó la cara de Jordan entre sus manos y lo besó apasionadamente, como si quisiera hacerse uno con él.

Pero fue él entonces quien tomó las riendas y se dejó llevar completamente, deshaciéndose de placer mientras sus lenguas jugaban. Sin dejar de besarla, Jordan parecía estar tocando a la vez todo su cuerpo. Yendo de los hombros a su pecho, bajando por la espalda hasta acariciarle el trasero.

La fantasía de la noche se había quedado en nada comparado con lo que estaba viviendo esa tarde en el desierto. Ya no había palabras seductoras ni lugar para la imaginación a la luz de la luna. Todo era muy real. Solo había gemidos, deseo y urgencia.

Jordan encontró entonces su centro de placer y con un par de rápidas caricias consiguió que ella tuviera una visión perfecta de lo que le esperaba pocos minutos después. Jadeando, echó la cabeza hacia atrás sin poder controlarse y sintió que el mundo desparecía a su alrededor. Él fue aumentando el ritmo de las caricias y todo su cuerpo temblaba mientras trataba de elevarse al cielo.

Cuando estaba a punto de disolverse de puro placer en esa agua y caer rendida, Jordan la agarró con fuerza entre sus brazos y se hundió dentro de ella con un gemido casi animal.

Se quedó ensimismada contemplando sus ardientes ojos y su desesperación. Murmuraba excitantes y explícitas palabras contra su boca, nunca había vivido nada igual.

Chloe estaba arañándole sin misericordia la espalda y Jordan apretó los dientes, manteniendo el placer y el dolor en un perfecto equilibrio. No podía dejar de mirar los ojos ambarinos de esa mujer. Nunca los había visto brillar de esa forma y estaba convencido de que Chloe sabía perfectamente lo que estaba haciendo con él.

Sintió la necesidad de acelerar el ritmo y llegar por fin a la meta, pero no lo hizo. Se apartó lentamente de Chloe sin dejar de mirarla. Vio cómo abría los ojos y se le dilataban las pupilas. Le dio la impresión de que había conseguido asustarla. Sonrió al verla así, esa era su venganza, pero no iba a durar. Volvió a hundirse profundamente en ella.

Ya había sido consciente de que Chloe no era una mujer sumisa y dócil, pero no había sabido que su espíritu aventurero también afectaba a sus preferencias sexuales hasta ese momento. Nunca había encontrado una mujer tan compatible con sus propios deseos sexuales. Cuando él gemía, ella suspiraba. Cuando se inclinaba hacia ella, Chloe se arqueaba hacia él. Cuando le pedía algo, ella se lo entregaba. Era un auténtico torbellino de sensualidad y deseo.

Sintió cómo se estremecía entre sus brazos mientras gritaba de placer. No tardó apenas nada en acompañarla a la cima y deshacerse contra su dulce cuerpo.

***

Pasó bastante tiempo hasta que pudo recuperarse para pensar con claridad. Sin saber cuándo ni cómo, había conseguido acercarlos a los dos al borde de la piscina para tumbarse en la arena.

–Nos vamos a quemar –le dijo Chloe en un susurro.

Se dio la vuelta para mirarla. Tenía una sonrisa de satisfacción en los labios.

–Tú estarías preciosa aun con la piel quemada.

–Gracias, pero no me apetece nada –repuso ella sin mirarlo–. No sé qué ha pasado, pero creo que he perdido mi bañador.

–No lo necesitas. Bañarse desnudo es mucho más divertido.

Vio cómo brillaba el anillo que le había comprado a Chloe y sintió algo extraño en el corazón, algo casi posesivo. No sabía qué era, pero le pareció peligroso.

–Bueno, si de verdad no quieres quemarte, será mejor que nos movamos –le dijo él mientras se levantaba y le agarraba las manos para ayudarla.

Sus cuerpos desnudos se encontraron y se perdió en sus ojos del color del ámbar. Lo inundó de nuevo la misma ola de emoción. Trató de recordar que solo era sexo, nada más. Había sido alucinante y muy satisfactorio, pero se negaba a pensar que pudiera haber algo más. No entendía qué le pasaba, pero prefería no darle muchas vueltas.

–¿Estás bien? –le preguntó a Chloe.

Una sombra le cruzó la mirada, pero no tardó en sonreír.

–Bueno, necesito urgentemente una ducha y me he perdido mi sesión de spa, pero estoy demasiado feliz para estar enfadada. ¿Y tú?

–Muy bien, aunque me duele la espalda.

–No te preocupes, luego me ocupo de ti.

Chloe le rozó con un dedo el bíceps del brazo izquierdo y sintió que volvía a excitarlo. Le sorprendió cuánto le afectaba esa mujer.

–Ya me aseguraré de que cumplas tu palabra.

–¿Sí? –le preguntó Chloe mirándolo con intensidad a los ojos.

Quería volver a vivir con ella lo que acababan de compartir en la piscina. Y no se trataba solo de sexo, quería sentir lo que ella le había hecho sentir. Lo deseaba tanto que estaba aterrado. Chloe movió la mano y el anillo atrajo su atención por segunda vez. Frunció el ceño y dio un paso atrás.

–¿Por qué no te duchas tú primero? –sugirió él.

–¿No quieres ducharte conmigo? –repuso Chloe sonriendo–. En el desierto hay que ahorrar agua.

–Si nos metemos en la ducha juntos, vamos a terminar usando mucha más agua de la necesaria.

Chloe se duchó rápidamente para no usar demasiada agua. Todo su cuerpo estaba muy sensibilizado, como si aún pudiera sentir que Jordan la tocaba.

Ningún hombre la había hecho sentir tan viva, femenina y deseada. Había sucumbido al deseo y se había acostado con el hombre con el que tenía un acuerdo de trabajo, pero no se arrepentía de nada.

Algo en su interior le recordaba que debería estar preocupada, pero prefería no pensar en ello. Se puso un caftán rosa y naranja que dejaba un hombro al descubierto. Por una vez en su vida, se vio guapa.

Jordan había sido muy dulce con ella y no dejaba de decirle que era bella. Hacía que se sintiera especial. Sexy y sensual a la vez, deseada... Y la manera en la que la miraba...

Casi le tentaba creer que no había sido solo sexo. Por un instante, había visto algo más profundo en su mirada, pero había desaparecido muy pronto.

Sabía que, de vuelta a Australia, no iban a seguir viéndose. Ella no era su tipo y sus vidas eran completamente distintas. A pesar de los muros que había entre ellos, empezaba a enamorarse de él. Le había hecho sentir que algunos sueños podían llegar a hacerse realidad y sabía que al menos iba a poder contar con él, aunque fuera solo como amigo.

Estaba acostumbrada a sufrir, curar sus heridas y seguir adelante. Era una constante en su vida. Se limitaría a vivir el presente, como había hecho siempre.

***

Al atardecer, llegó a la tienda el todoterreno. Saludaron a Kadar y a su esposa, que les llevaron toallas perfumadas y platos de comida muy aromática. Kadar levantó algunas cortinas de la tienda para dejar que entrara la brisa fresca de la noche. Su esposa dispuso el banquete en una mesa baja y encendió velas e incienso. Después, les desearon una agradable velada y se fueron discretamente.

–¿Te apetece comer ya? –le preguntó Jordan.

–Sí, estoy muerta de hambre.

Se acercó a donde estaba sentado Jordan y le masajeó los hombros. Su nueva condición de amantes le daba permiso a tocarlo cuando quería y eso le encantaba.

–¿Y tú?

Jordan le agarró las manos sobre los hombros, acercándola y tomando su oreja entre los dientes.

–Tan hambriento que podría empezar con este delicioso hombro desnudo ahora mismo.

–Más tarde –le prometió ella–. ¿Qué has pedido?

–Ven a verlo –le dijo Jordan poniéndose en pie y llevándola a la mesa de la mano.

Sirvió dos copas de vino y le entregó una.

–Un brindis por el éxito –susurró él.

–Por el éxito.

Tomó un sorbo y probó después una bolita de falafel.

–Está delicioso –le dijo ella con la boca llena.

–Come despacio. Es una comida para ser saboreada y disfrutada con tranquilidad. Cierra los ojos y prueba esto.

–Sabe a cúrcuma, cilantro y jengibre... ¿Qué es?

–Curry de cabra. Uno de mis platos favoritos.

Además de sus voces, solo oían el débil sonido del agua y los ruidos que hacían las criaturas del desierto. Jordan fue mostrándole todos los platos y enseñándole a disfrutar lentamente de ellos.

Tiempo después, Chloe se excusó para ir al baño. Mientras se lavaba las manos, vio la alianza de Jordan junto a su bolsa de aseo y la tomó entre sus dedos. Era muy pesada, supuso que debía de valer una fortuna. Vio entonces que tenía una inscripción en el interior: «Jordan y Lynette, siempre» y una fecha de hacía ya seis años.

Sintió que se desinflaba de repente. Trató de calmarse. Era una sorpresa. Si había estado casado, ya no lo estaba.

Eso era al menos lo que esperaba.

Se le pasó por la cabeza la idea de que la hubiera engañado desde el principio, pero se negaba a creerlo. Tenía un nudo en el estómago. Recordaba que, después de que ella se lo preguntara, Jordan le dijo que nunca había estado casado.

Volvió al salón y vio que Jordan estaba en el sofá. Había servido café turco para los dos. Tomó su taza nada más sentarse y bebió un sorbo.

–No llevas tu alianza –le dijo.

–Es verdad. Te has dado cuenta como lo haría una esposa de verdad.

Chloe lo fulminó entonces con la mirada.

–¿Cómo puedes saber con tanta certeza lo que haría una esposa?

–¿Qué quieres decir? Vi que estaba manchada de protector solar y me la quité para ducharme. Está en el cuarto de baño...

Jordan no terminó la frase al ver su mirada.

–Ya la has visto allí, ¿no? –le dijo.

–Sí, ¿me lo podrías explicar?

–Prefería no tener que hacerlo –murmuro Jordan.

–Ya me imaginé que dirías eso –le dijo mientras ponía el anillo sobre la mesa frente a él.

–No he estado casado, Chloe –respondió Jordan con firmeza–. ¿No crees que, de haber sido así, ya te habrías enterado por los medios de comunicación?

–Bueno, creo que al menos me debes una explicación.

Jordan la miró enarcando las cejas. No estaba de acuerdo con ella.

–¿Las personas con una relación laboral deben contarse detalles íntimos de su vida amorosa?

–Creo que esta tarde hemos pasado a ser algo más que dos personas con un acuerdo laboral. Pero has conseguido que me sienta como una idiota. Te he contado los problemas que tengo con mi familia y que por eso acepté este trabajo. También te hablé de Stewart y de cómo me engañó. Tú, en cambio, no me<< has contado esto. Supongo que Jordan Blackstone, a diferencia de otros, puede permitirse el lujo de tapar un escándalo.

–Chloe, no he tapado ningún escándalo, te lo

prometo. Y lamento que te sientas así, no era mi intención.

Vio cómo le temblaba el mentón a Chloe y se sintió fatal. Su orgullo y su necesidad de control habían terminado por hacer daño a la única persona a la que no quería herir. Le acarició la mejilla y la miró a los ojos.

–Escúchame, Chloe. No era mi intención hacer que te sintieras como una idiota. No lo eres –le dijo con seguridad–. Eres inteligente, sincera e ingeniosa. También eres generosa y compasiva.

–Grandes elogios viniendo de mi jefe –le dijo con una sonrisa triste.

–No soy tu jefe, sino tu socio –le corrigió–. Tu amigo.

–¿Te asusta la palabra amante, Jordan? –le preguntó–. Bueno, no me contestes, no importa. El caso es que has vuelto a cambiar de tema. Y, si no quieres hablar de Lynette, no pasa nada. Después de todo, no volveremos a vernos después de esta semana.

Fueron palabras que no se esperaba y sintió una oleada de frío en su interior, una extraña sensación de vacío.

–Nadie dice que no podamos seguir viéndonos si queremos –protestó él.

–Para eso tendríamos que estar en la misma ciudad. O al menos en el mismo país.

–Ven aquí, rubia –le dijo atrayéndola hacia su cuerpo y besándole la cabeza.

Sabía que su relación iba a ser temporal, pero

aún no había terminado y quería darle al menos una respuesta a sus preguntas.

–Lynette fue alguien a quien conocí en la universidad.

–¿Alguien? Pero si tienes un anillo de boda con su nombre…

–Nos íbamos a casar, pero al final no ocurrió. Los dos queríamos cosas diferentes.

–Pero guardaste este anillo –le dijo ella en voz baja–. Querías un recuerdo.

–Sí, pero no por una razón sentimental. Lo guardo para recordar que no soy de los que se casan, que nunca lo seré.

–¿Qué te hizo ella para que decidieras no casarte nunca?

–¿Por qué crees que fue ella? –contestó molesto–. A lo mejor fui yo quien le rompió el corazón.

–No lo sé. Es algo que he intuido por tus palabras y gestos desde que llegamos a este acuerdo…

–Todo eso forma parte del pasado, déjalo estar.

Para distraerla, comenzó a acariciarle el hombro desnudo. Tenía una piel muy suave.

–Nunca vamos a tener otra noche como esta, rubia. No perdamos el tiempo…

Sus ojos del color del whisky se volvieron casi negros a la luz de las velas.

–No vamos a perder el tiempo –le respondió con una lenta sonrisa.

Se puso de pie frente a él. Le dio la impresión de que, al menos de momento, solo quería su atención y nada más. Se quedó donde estaba, admirando su desordenado pelo rubio, su cara de duende y unos ojos que parecían demasiado grandes para su rostro. Segura de sí misma y vulnerable a la vez.

La mente se le quedó en blanco cuando Chloe empujó la prenda de su hombro y la seda del caftán que llevaba cayó al suelo. Contuvo el aliento al ver de nuevo su piel de alabastro, unas curvas exuberantes y ropa interior de encaje violeta. El corazón comenzó a latirle con fuerza y todo su cuerpo reaccionó. Tuvo que contenerse para no ir hacia ella. Pensó que tal vez fuera por el romanticismo de esa tienda o por el lugar exótico en el que estaban, pero ninguna mujer lo había hipnotizado de esa manera.

Se quedó sin aliento al ver que se desabrochaba el sujetador y lo tiraba al suelo. Sus pechos eran perfectos, como una fruta madura y suculenta que estaba deseando saborear. Se quitó entonces las braguitas y no pudo contener un gemido. Ya no controlaba las reacciones de su propio cuerpo. Estaba demasiado absorto en la visión que tenía frente a él.

Chloe se acercó un poco más a él y le tendió la mano.

–Llévame a la cama, Jordan –le pidió.

No necesitaba que se lo dijera una segunda vez. La tomó en sus brazos y la llevó así a la cama. La dejó entre las almohadas con cuidado y se desnudó rápidamente.

Comenzó entonces a acariciarle el cuerpo desde el cuello hasta los muslos con leves toques. Después, bajó la boca hasta uno de sus pechos y atrapó el pezón entre los labios mientras le acariciaba el otro seno.

Tenían toda la noche por delante, no había prisas. Dedicó todo el tiempo del mundo a disfrutar de los matices de sabor, textura y fragancia de su piel. Sin olvidar el cabello, la boca y la lengua. Y ella respondió con la misma intensidad. Fueron descubriendo sus cuerpos poco a poco, encontrando sus zonas más eróticas.

Pasaron la noche arrugando las sábanas de seda y llenando de pasión el aire del desierto. Las velas se fueron gastando y terminaron haciendo el amor a la luz de la luna.

Y cuando por fin se perdió dentro de ella y los sonidos de la pasión llenaron el ambiente, fue con una ternura que nunca había sabido que tenía en su interior.

Capítulo Siete

Chloe despertó al amanecer con una sonrisa de satisfacción y un suspiro. Iba a guardar las últimas horas en su corazón para siempre.

No se movió para no despertar a Jordan. Quería mirarlo.

Se fijó en sus largas pestañas y en esos labios que parecían hechos para el pecado. Le tentó la idea de despertarlo para pecar un poco más, pero se levantó de la cama. Se puso un ligero chal sobre los hombros y salió de la tienda para ver el paisaje con la luz del nuevo día.

Le asustaba la intensidad de sus sentimientos. Él le había dicho que podrían seguir viéndose en Australia si así lo querían. Le había dado la impresión de que hablaba en serio, pero tampoco se le había olvidado que había prometido no casarse nunca.

Jordan no dejaba de confundirla constantemente. No sabía qué pensar. Estaba segura de que no quería ningún tipo de compromiso.

–¿Qué haces levantada? –preguntó una voz ronca detrás de ella.

Pudo imaginarlo diciéndole eso mismo dentro de un año, dos o veinte. Pero sabía que era mejor no pensar en eso y que solo era sexo, nada más. Sintió que se le llenaban los ojos de lágrimas y las ocultó con una sonrisa.

–Esperando a que venga mi amante a buscarme.

–Aquí está –murmuró Jordan abrazándola–. Y quiere saber quién es el que te hizo tanto daño para ir a por él y darle un buen puñetazo.

Se quedó sin aliento al oír sus palabras.

–¿De qué estás hablando?

–Del malnacido que te hizo daño. Te lo pregunté en el restaurante la noche que nos conocimos. No es el hombre del que me hablaste, él no llegó a ocupar tu corazón. Hay alguien más, ¿verdad?

Le sorprendió que fuera tan perspicaz.

–Él ya no importa –respondió ella.

–Pero aún no lo has superado –le dijo Jordan–. Y ahora es un buen momento para hacerlo.

–Tienes razón –asintió ella–. Era un aristócrata inglés, rico y viudo. Yo era la niñera de su hijo. Me enamoré de él y pensé que me correspondía. Estaba tan feliz que se lo conté a mi familia, creyendo que eso era el éxito. Era demasiado estúpida para darme cuenta de que el éxito no significa encontrar un hombre rico y enamorarme de él –le contó–. Después, cuando me fui de allí, no le mencioné mi fracaso a mi familia. Y, como no hemos estado en contacto, siguen pensando que...

–Eso no fue un fracaso, Chloe. Eres una mujer extraordinaria, leal y valiente –le dijo mientras la besaba en la frente–. No pienses más en él. ¿Qué quieres que haga tu amante ahora?

–Que me lleve a la cama y que luego...

Le susurró algo al oído y Jordan sonrió.

–Los deseos de mi señora son órdenes para mí –le dijo tomándola en sus brazos.

Veinticuatro horas más tarde, se preparaban para la reunión con el jeque. Mientras se miraba en el espejo, Chloe recordó por qué estaban en Dubái.

Se había puesto un conservador traje azul marino, una recatada blusa color crema y un moño.

Jordan estaba de pie junto a una de las ventanas panorámicas de la suite. Estaba leyendo mensajes en su teléfono con el ceño fruncido. Llevaba un traje azul marino muy elegante.

Admiraba a ese hombre y lo respetaba. Le había dado una nueva confianza en sí misma y había mejorado su autoestima. Le había demostrado que no todos los hombres eran unos canallas.

–¿Cuándo nos vamos?

–Dentro de poco –repuso Jordan levantando la vista y sonriendo–. Estás perfecta. Y nunca he conocido a una mujer más puntual y bella.

–Por eso te casaste conmigo, ¿verdad, osito?

Jordan dejó de sonreír un segundo.

–Muy bien, rubia. Sigue así y conseguiremos el trato. Solo unas horas más y, si todo va según lo previsto…

Entonces regresarían a casa. Se acercó a él y le enderezó la corbata, aunque no lo necesitaba. Estaba muy guapo y olía muy bien.

–Conseguirás convencerlo con tu fantástico plan

de negocio, con tu compromiso y tu ética. Sería un idiota si te rechazara para contratar a esa otra empresa, X no sé qué.

–Se llama X23 –le corrigió Jordan–. Gracias por confiar en mí, eso significa mucho. Y gracias por aceptar este trabajo.

–Me pagaste bien para que lo hiciera –repuso ella mientras hacía girar el anillo sin darse cuenta.

–Entonces, hoy tendrás por fin la sesión de belleza, ¿no?

–Spa y masaje. Estoy deseándolo –le dijo ella–. Tengo bastante doloridos los músculos…

Jordan se echó a reír y ella le devolvió la sonrisa. Se suponía que iba a pasar el día con la esposa de Qasim, pero la anciana seguía cuidando de su hermana, que había sufrido un infarto.

–Una cosa más antes de irnos –le dijo Jordan sacando una caja del bolsillo–. Esto es para ti.

Abrió la caja y se quedó mirando la delgada cadena y los pendientes de filigrana de oro. Se preguntó si sería un regalo de agradecimiento por el trabajo o el regalo de un amante.

–Lo compré en una de las joyerías de Qasim –le explicó Jordan tomando la cadena–. Esperará que el dueño de una mina de oro regale joyas de calidad a su nueva esposa.

Le puso la cadena y esperó a que ella se colocara los pendientes.

–Tienes un aspecto muy sofisticado y elegante.

–No son adjetivos con los que me describiría a mí misma –respondió ella.

–Pues deberías hacerlo porque es así como eres.

Nunca se había visto como una mujer sofisticada. Sentía que, al lado de Jordan, iba cambiando poco a poco. Ya no era la misma mujer de antes. O quizás le estuviera ayudando a sacar al exterior a la verdadera Chloe, la que podría ser si se le daban una oportunidad.

–Bueno, será mejor que nos vayamos, no puedes llegar tarde.

–¿No vas a darme un beso de buena suerte?

–No la necesitas, Jordan. Te sobran otras cosas más necesarias para conseguir este trato.

La reunión iba a tener lugar en una de las salas privadas del hotel. Fueron recibidos por uno de los asesores del jeque Qasim y conducidos a un lujoso salón azul lo suficientemente grande como para albergar a cincuenta personas. El hombre desapareció rápidamente y se quedaron esperando.

Unos camareros les sirvieron té con especias y una gran variedad de exquisiteces mientras esperaban. Estuvieron allí mucho tiempo. Chloe miró a Jordan de reojo. No parecía nervioso y le dijo que era normal tener que esperar tanto.

Una hora más tarde, la puerta se abrió y apareció el anciano, envuelto en una túnica de seda.

Jordan y Chloe se pusieron de pie. Él se adelantó y extendió una mano hacia él.

–Jeque Qasim bin Omar Al-Zeid, *salam alaikum* –lo saludó Jordan.

–*Wa alaikum as-salam* –respondió el jeque estrechando su mano.

–Jeque Qasim bin Omar Al-Zeid, me gustaría presentarle a mi esposa –le dijo al anciano mientras colocaba una mano en la espalda de su supuesta señora–: Chloe Montgomery.

El jeque se volvió hacia ella y asintió con la cabeza respetuosamente.

–*Salam alaikum* –le dijo el hombre.

–*Wa alaikum as-salam* –contestó ella mientras inclinaba la cabeza.

Tras las presentaciones, intercambiaron bromas y le dieron las gracias por su especial luna de miel en el desierto. Poco después, Chloe se disculpó para ir al spa. Tenía cita con la masajista.

Esperaba haberlo hecho bien y que el jeque la hubiera visto como una esposa dócil y dulce.

Si todo iba bien, saldrían para Australia al día siguiente. Y esa sería su última noche juntos.

Le dolía pensar en la despedida, así que trató de distraerse con otras cosas.

Horas más tarde, recibió una llamada.

–Abre el champán –le dijo Jordan.

Podía imaginarlo perfectamente, con brillo en los ojos y una gran sonrisa en la boca. Deseó poder estar allí en ese momento para darle un beso.

–¡Felicidades! –le dijo emocionada–. Pero no estoy en el hotel.

Jordan frunció el ceño mientras salía del ascensor.

–Pero ya han pasado tres… ¿Dónde estás?

–Estoy en el centro comercial Burjuman, aprovechando el poco tiempo que me queda aquí.

–¿De compras? –le preguntó decepcionado.

Sin saber por qué, le molestó que Chloe estuviera de compras mientras él había estado en una de las reuniones más importantes de su vida.

–Lo siento –le dijo ella–. Perdí la noción del tiempo. Ahora salgo para allí. No empieces sin mí.

Se despidió de ella y fue hasta la suite mascullando. Había imaginado que Chloe estaría esperando su regreso triunfal.

Sabía que no tenía derecho a sentirse así. Chloe ya había hecho su parte y, para ella, todo ese asunto ya había terminado. Podía irse y no tener que volver a verlo.

Le dolía pensar en ello. No sabía si Chloe querría irse de su lado o si él le dejaría que lo hiciera.

Ordenó el champán más caro de la carta y se dirigió a la ventana. Habían pasado dos días desde que le hiciera el amor por primera vez en un oasis en el desierto y bajo el sol de la tarde. Pero no quería pensar en eso. El trabajo era su prioridad y lo importante para él era que se había asegurado un comprador para su oro, tal y como le había prometido a su padre.

Pero, cuando Chloe entró corriendo en la suite treinta minutos más tarde, y fue corriendo a sus brazos, pensó que quizás sus prioridades estuvieran empezando a cambiar.

–¡Enhorabuena! ¡Lo conseguiste! –exclamó dándole un beso en los labios.

Tomó su cara entre las manos y la besó apasionadamente. Ella cedió sin rendirse y fue una delicia volver a saborear sus labios.

–No podría haberlo hecho sin tu ayuda –murmuró él cuando finalmente se separaron.

Se miraron el uno al otro como si no se conocieran. Todo había cambiado. Era la hora de volver a casa y los dos lo sabían.

–Fuimos un buen equipo hoy –le dijo Chloe mientras le masajeaba los hombros.

–Es que juntos somos muy buenos –repuso él acariciándole la espalda y acercándola a su cuerpo.

–Sí...

Le subió la falda y Chloe, sujetándole el cuello, lo rodeó con sus piernas. Podía sentir el calor de su sexo contra la pelvis. Sus ojos tampoco podían ocultar lo excitada que estaba. Pensó que podría ahogarse en esos ojos. Si no tenía cuidado...

–Antes quiero decirte algo, Chloe. Le dije la verdad a Qasim, que no estamos casados.

Ella se echó hacia atrás para mirarlo, con las manos todavía en su cuello.

–¿Después de todos los problemas y todo el dinero que te has gastado? ¿Por qué?

–No lo sé. Me parecía mal mentirle. He deseado durante tanto tiempo conseguir este trato que estaba dispuesto a todo. Pero me di cuenta hoy cuando entré en su salón de que quería ganar sin recurrir al engaño.

Ella asintió con la cabeza.

–Me alegro. Es mucho mejor así.

–Voy a decirte por qué era tan importante para mí.

Sin soltarla, fueron a sentarse al lado de la ventana.

–Mi padre murió antes de que pudiera cerrar un trato en los Emiratos Árabes Unidos. Ya lo sabes, pero lo que no te dije fue que yo era un estudiante egoísta, tan centrado en mí mismo que no estuve a su lado cuando me necesitó…

Cuando terminó de contárselo, Chloe le apretó la mano y lo miró con comprensión y respeto.

–Hoy has conseguido que tu padre esté muy orgulloso de ti.

–Le prometí que lo conseguiría aunque fuera la última cosa que hiciera y lo he logrado.

Se sentía más ligero, como si se hubiera quitado un gran peso de encima. Y conseguirlo con Chloe era algo que siempre iba a recordar, de eso estaba seguro.

–Entonces, ¿qué dijo Qasim cuando le dijiste la verdad sobre nosotros? –le preguntó Chloe.

–Me agradeció mi sinceridad. Me dijo que, casado o soltero, era el mejor hombre para el trabajo.

–Después de todo, no me necesitabas.

–Ha sido mucho más divertido contigo a mi lado.

–Ha estado muy bien –repitió Chloe tratando de aligerar el ánimo de los dos–. He hecho planes para esta última noche. Me gustaría cenar de nuevo en la playa, como el primer día.

–No tenemos por qué irnos mañana mismo –decidió Jordan–. Podríamos pasar un par de días…

–Eso no va a cambiar nada, Jordan. Solo estaríamos retrasando lo inevitable. Nos pusimos de acuerdo para hacer esto y ha terminado –le dijo ella–. No quiero que retrasemos el final. Podemos disfrutar de una cena fantástica esta noche y pasar la noche juntos, osito. No podemos pretender que esto continúe, no tenemos nada en común. Y eso sin tener en cuenta tu apretada agenda y mi propensión a mudarme de un sitio a otro.

–Sí, pero hasta entonces…

Ella asintió con la cabeza.

–Ya te dije que termino todo lo que empiezo.

–Chloe...

Pero no sabía qué decir. Se lo habían pasado bien y los dos habían tenido muy claro desde el principio que era un acuerdo laboral, nada más. Chloe no quería formar parte de su mundo y él tampoco se lo había pedido. A veces tampoco Jordan estaba contento con su realidad y deseaba dejarlo todo y ser tan libre como parecía serlo ella.

–Bueno, entonces será mejor que aprovechemos el tiempo que nos queda –le dijo él.

–Eso es lo que estaba esperando que dijeras... –respondió Chloe mientras comenzaba a desabrocharle el cinturón.

Chloe lo había organizado todo para que la noche fuera especial, un momento para recordar. Desde la mesa tenían las mejores vistas de la playa y un buen champán francés para brindar por el éxito de Jordan. Ella le relató algunas de sus aventuras y Jordan la escuchaba con atención.

Disfrutaron con la comida y la conversación. Hablaron de cosas de las que nunca habían hablado. Jordan parecía entenderla muy bien. Con él se sentía valorada de verdad.

Después de la cena, dieron un paseo por la playa y se sentaron en la arena para mirar las estrellas y compartir el silencio de la noche. Apenas se tocaban, pero lo sentía muy cerca de ella.

Sabía que no le convenía dejarse llevar tanto, pero una parte de ella temía que ya le había robado el corazón y no había vuelta atrás.

Más tarde, de vuelta en la suite, Jordan se tomó su tiempo para quitarle la ropa, deteniéndose en cada centímetro de su piel. Cuando la desnudó por completo, se arrodilló ante ella y recorrió todo su cuerpo con las manos y la boca. Chloe no podía dejar de temblar y gemir.

Cuando ya no pudo soportarlo por más tiempo, Jordan la tumbó en la cama y continuó dándole placer sin descanso.

Perdieron la noción del tiempo. Se sentía como si estuviera flotando en el aire y tuviera que aferrarse a él para evitar que el viento se la llevara. Nunca había tenido un amante tan tierno y entregado como Jordan, tan delicado y fuerte a la vez.

Se estremeció cuando él por fin se colocó encima de ella. Su aroma la envolvía por completo.

Segundos después, lo sintió muy dentro y se quedó sin respiración mientras lo miraba a sus ojos azules.

«Te quiero», le dijo sin palabras.

Era una realidad tan simple como imposible.

Aterrizaron en Melbourne en medio de una tormenta nocturna. La lluvia caía con fuerza contra el parabrisas del coche que los esperaba allí. A Chloe le pareció que el tiempo no podía ser más adecuado para su estado de ánimo. Estaba tratando de controlarse para no llorar hasta que estuviera sola.

Apenas habían hablado durante el vuelo y, afortunadamente, sus cómodos asientos de primera clase, les daban privacidad. Habían dormido poco la noche anterior y los dos estaban cansados.

Se quedó sin aliento al ver que el coche llegaba a su calle.

–Es tarde –le dijo Jordan–. Quédate en mi piso esta noche.

El corazón le dio un vuelco, pero apretó los labios y miró por la ventana. Eso solo habría servido para retrasar lo inevitable.

–No, Jordan.

–Entonces, deja que me quede aquí contigo.

Se giró para mirarlo, tenía una expresión distinta en los ojos. Completamente nueva.

–Ya te dije que mi cama es demasiado pequeña.

El conductor bajó para sacar su equipaje del maletero, dejándolos solos en el asiento trasero.

–Bueno, supongo que esto es todo... –le dijo Jordan con frialdad.

–Sí –repuso ella con voz temblorosa–. Gracias...

–No, espera –la interrumpió Jordan abriendo su puerta–. Te guste o no, voy a acompañarte a la puerta y puedes darme las gracias entonces.

Corrió con las llaves en la mano bajo la lluvia. Jordan la seguía con su equipaje.

Logró meter la llave en la cerradura con dedos temblorosos y se volvió hacia él. Le pareció que estaba enfadado y no entendía por qué.

–Chloe, escucha –le dijo Jordan entonces mirándola a los ojos–. No quiero dejar de verte, pero te prometí algo cuando firmamos el contrato. No te voy a obligar a nada si no quieres. O mejor dicho, algo que quieres pero que te da demasiado miedo admitir.

Jordan se apartó de ella y dio un paso atrás, dejándola con una terrible sensación de frío.

–En lo que respecta al acuerdo laboral, si algo cambia con Qasim o con el trato y necesitas mi ayuda, dímelo –le pidió con un tono demasiado profesional dadas las circunstancias.

–Y si tú cambias de opinión acerca de nosotros o decides sincerarte conmigo, llámame.

No le dio un beso de despedida. Se dio la vuelta y volvió al coche. Llevándose su corazón con él.

Pero no su independencia ni su identidad. Aún las tenía, pero esas cosas no iban a darle calor en las frías noches de invierno ni iban a evitar que se sintiera sola.

Jordan se dio de repente la vuelta para mirarla una última vez.

–Dices que te gusta terminar lo que empiezas.

Nosotros empezamos algo que no ha terminado. ¿No te molesta dejar las cosas a medias, Chloe?

Después, desapareció dentro del coche.

Tres días más tarde, desde su despacho de Perth, Jordan empujó hacia atrás su sillón para mirar el atardecer. Era la primera vez que se tomaba un descanso desde que comenzara a trabajar esa mañana a las cinco.

Llamaron a la puerta y Roma, su secretaria, asomó la cabeza. Era una bella mujer morena a la que tenía en mucha estima.

–Me voy a casa –le dijo–. Ha llegado este paquete para usted por envío urgente. Sé que no quería que lo molestara, pero pensé que podría ser importante y no quería dejarlo...

–Gracias, Roma.

Sabía que había estado insoportable con Roma ese día. Fue hacia ella y forzó una sonrisa.

–Lo siento, ha sido un día muy duro –le dijo.

–Sé que este viaje ha sido estresante. Si no me necesita para nada más…

–Espera un momento, Roma –le pidió al ver que iba a cerrar la puerta–. ¿Qué tal está Bernie?

Su marido también trabajaba para él, como geólogo en una de sus minas.

–Bien, gracias. Vendrá a casa dentro de un par de semanas.

–Verás, Roma. No tengo a quién llevar al baile anual de Rapper One. Sé que Bernie y tú fuisteis el año pasado y me preguntaba si vendrías conmigo. Como Bernie no estará aquí...

–Bueno, sería un placer... –murmuró algo incómoda.

–Por supuesto, llamaré a Bernie para asegurarme de que le parece bien. Y prometo estar de mejor humor que hoy –le dijo Jordan.

Roma sonrió y se despidieron hasta el día siguiente.

Cuando se quedó solo, miró el paquete que acababa de entregarle. El remitente era Chloe Montgomery y acarició las letras manuscritas como si pudiera estar más cerca de ella. No se la había podido quitar de la cabeza. Su sonrisa había conseguido iluminar sus días y también sus noches. La última vez que la había visto había sido frente a su piso, cuando le dijo que todo había terminado.

Desenvolvió el paquete y se encontró con una caja que conocía. Maldijo entre dientes. Eran las joyas de oro que le había regalado y el anillo de boda.

No sabía qué demonios iba a hacer con esas cosas. Acarició la cadena de oro, recordando lo elegante que había estado Chloe al ponérsela. Era el tipo de mujer que cualquier hombre querría tener a su lado. Ya fuera por negocios o placer.

Nunca iba a olvidar cómo lo había apoyado ese día y su alegría cuando le dijo que había logrado el ansiado contrato.Por eso le dolía especialmente que le devolviera de esa manera el regalo, como si no quisiera tener nada que le recordara a él, como si lo que habían compartido no significara nada.

Metió de nuevo la cadena en la caja y la caja en el sobre. Se dio cuenta de que Chloe no quería dejar cabos sueltos y que, efectivamente, terminaba todo lo que empezaba.

Nunca había permitido que las emociones lo dominaran, pero no podía dejar de pensar en ella. Metió el sobre en la caja fuerte de la pared y cerró la puerta. Si ella quería dar por terminado lo suyo, él también iba a hacerlo.

–¿De verdad quieres irte de Melbourne?

La voz de Dana la devolvió a la realidad. No estaba en una tienda del desierto de Dubái, sino en una cocina preparando un desayuno de negocios con su jefa.

–¿De verdad no quieres quedarte? Acabas de empezar aquí y dijiste que te gustaba.

–Sí. Y lo siento, pero las circunstancias han cambiado y necesito irme.

–Te refieres a Jordan, ¿verdad?

Al oírlo, se le resbaló el cuchillo con el que estaba cortando cerezas confitadas.

–¿Estás bien?

Chloe comprobó que no estaba sangrando y asintió con la cabeza.

–¿Puedes mirar la lista en mi ordenador? –le pidió Dana mientras sacaba la última bandeja de quesos de la nevera–. Quiero asegurarme de que no se me haya olvidado agregar los canapés que el cliente de mañana por la noche me ordenó a última hora.

Se lavó las manos y fue a la mesa donde Dana tenía su ordenador. Tocó una tecla para iluminar la pantalla y lo primero con lo que se encontró fue una página de noticias de sociedad.

Y había una foto de Jordan.

Por un instante, el corazón le comenzó a latir con fuerza. Llevaba un elegante esmoquin e iba acompañado por una atractiva morena. Estaba en una fiesta benéfica en Perth y vio que había sido dos días antes. Se trataba de un evento que tenía por objetivo recaudar fondos para su organización, Rapper One. Le dolió ver que no le había comentado nada de esa fiesta.

Sabía que era ridículo estar celosa. Habían pasado casi dos semanas desde que volvieran de Dubái y vio que Jordan no había perdido el tiempo en pasar a la siguiente mujer disponible.

Y le dolió que Dana fuera tan cruel como para obligarla a verlo.

Cerró la pantalla del portátil y se encontró con los ojos de su jefa.

–No es justo, Dana –le dijo con voz temblorosa mientras iba hacia la puerta.

–Chloe, esa mujer es Roma, su secretaria, y está felizmente casada.

–¿Y? –preguntó ella quitándose furiosa el delantal–. ¿Qué quieres decir con eso?

–Que estás enamorada de él. Quería estar segura, por eso te he forzado a ver la fotografía. Además, sé por qué fuiste a Dubái.

–Te has pasado de la raya –le dijo–. Y te equivocas. ¿Por qué iba a querer enamorarme de un hombre arrogante como tu amigo Jordan Blackstone?

–A lo mejor no querías enamorarte, pero ha pasado –replicó Dana–. Si Jordan no significara nada para ti, no habrías reaccionado de esa manera.

Chloe tomó un paño y comenzó a limpiar con frenesí todas las superficies.

–¿Y qué pasa si lo estoy? –exclamó enfadada.

Pero se quedó sin aliento al ver que acababa de darle la razón.

–No te preocupes, te guardaré el secreto –le aseguró Dana–. Pero es que era tan obvio...

–¿Lo sabe él? ¿Te ha dicho algo?

–No, no lo ha hecho. Pero, y si lo supiera, ¿qué tendría de malo?

–Muchas cosas –respondió Chloe–. No puedo permitirme tener una relación con alguien. Estoy siempre mudándome de un sitio a otro.

–A veces conviene detenerse y escuchar al corazón.

Abrió la boca para protestar, pero se quedó callada. Parte de ella anhelaba vivir así, poder tener un hogar propio, plantar bulbos en el jardín y verlos florecer en primavera. No quería una mansión, pero sí un lugar para echar raíces.

Y lo irónico era que, por primera vez en su vida, podía permitírselo gracias al dinero que le había dado Jordan. Creía que lo conocía lo suficiente para saber que lo amaba, pero no lo suficiente para entenderlo completamente.

–Esa fiesta en la que estaba, la organiza su fundación, ¿no? Parece que significa mucho para él.

–Así es.

–¿Por qué está tan dedicado a ayudar a adolescentes con problemas?

–Por su pasado. Tuvo una infancia muy dura –le dijo Dana–. A su padre lo quería. Pero de su madre no habla con nadie. Según Sadiq, ella era una bruja con él y su padre era demasiado débil para enfrentarse a ella.

Se le encogió el corazón al pensar en cuánto habría sufrido Jordan de pequeño.

–Hagas lo que hagas, no te compadezcas de él. No le gustaría. Bueno, ya hemos terminado por hoy –le dijo Dana mientras contestaba un mensaje de texto en su teléfono–. Vamos a relajarnos un poco. Te invito a un capuchino en el Chapel Street Café. Y no voy a aceptar un no por respuesta.

Chloe llevaba el uniforme del trabajo y zapatos planos.

–No estoy vestida para salir por ahí.

–Vamos a un lugar cálido, acogedor y con poca luz.

–Así que Chloe y tú disfrutasteis de una luna de miel –comentó Sadiq recostándose en el sillón.

Jordan estaba con su mejor amigo en un rincón del Chapel Street Café.

–Me lo dijo Qasim –agregó con media.

–¿Te ha contado el resto?

–Me dijo que admiraba tu sinceridad y valentía y que creía que Chloe sería una buena compañera para ti cuando decidieras convertirla en tu esposa legítima. No es tan inflexible como creíamos. ¿Es por ella por lo que has vuelto tan pronto a Melbourne?

–No, tenía trabajo pendiente en la mina de Tilson –le aclaró Jordan.

–Claro, claro.

El tono de Sadiq le dejó claro que no lo creía.

–¿No la has visto aún? –le preguntó su amigo–. Deberías llamarla.

–Cada vez te pareces más a tu esposa.

–Solo era una sugerencia, no te pongas así. ¿Cómo fueron las cosas entre los dos?

Jordan tardó un minuto en responder. Después de todo, se trataba de Sadiq, su mejor amigo.

–Chloe era diferente. No se parecía a ninguna otra mujer de las que he conocido…

–Y eso te asusta, ¿verdad? Por eso hablas de ella en pasado.

–El caso es que ella no quería continuar con lo que habíamos empezado.

–¿Y no has intentado convencerla de lo contrario? –le preguntó Sadiq.

–No. ¿Por qué iba a hacerlo? Sabe muy bien lo que quiere. Es una mujer muy sensata.

–¿Y si entrara aquí ahora mismo y te dijera que ha cambiado de idea?

–Entonces a lo mejor le diría que yo también he cambiado de opinión. No voy a permitir que otra mujer me manipule.

–Nadie te está manipulando, amigo. Chloe no es Lynette.

–¡Aquí estáis!

Al oír la voz de Dana, Jordan levantó la vista y vio entonces su cara... Llevaba doce días sin verla y el corazón le dio un vuelco.

Chloe abrió mucho los ojos y vio que estaba pálida y tenía ojeras. Sabía que él tenía el mismo aspecto. Llevaba el uniforme de la empresa de Dana y parecía muy sorprendida.

Sadiq se levantó de un salto.

–Bueno, chicos. Dana y yo vamos al cine. Luego os vemos.

–¡Espera...!

–¡No...!

Chloe y él protestaron al mismo tiempo, pero no les sirvió de nada, no tardaron en quedarse solos.

–Pensarás que tengo algo que ver con esto –le dijo Chloe antes de que él pudiera hablar–. Pero no es así, te lo prometo.

–Bueno, parece que el destino nos ha vuelto a juntar.

–La culpa no es del destino, sino de dos amigos muy entrometidos.

–Bueno, ya que estás aquí, ¿por qué no te sientas? –le sugirió él.

–No puedo quedarme mucho, mañana tengo que madrugar.

Llamaron al camarero y pidieron dos capuchinos.

–¿Qué tal todo con tu familia?

–Me he estado comunicando con mis padres por correo electrónico. Me han agradecido mucho que les diera el dinero para poder mantener la casa. Así que gracias por la oportunidad. Y les he hablado por fin de lo que pasó con Stewart. Supongo que he de darte las gracias también por ello. Me animaste mucho.

–Me alegra oír que las cosas te van mejor.

–Sí, gracias. Mi madre quiere saber cuándo iré a verlos.

–Te echan de menos.

–Puede ser, nunca pensé que me echaran de menos.

–A lo mejor no les diste la oportunidad de hacerlo. Yo también te he echado de menos.

–Seguro que eso se lo dices a todas –comentó Chloe.

–Conociendo mi reputación con las mujeres, ¿por qué iba a decirles algo así? No quiero que se hagan una idea equivocada.

Chloe se quedó en silencio y bajó la mirada.

–Leí que el baile benéfico de tu fundación fue un éxito. Dana se encargó de que viera tu foto.

–¿En serio?

–Sí, parece que lo que haces es noticia en toda Australia. No me extraña que estés en este rincón del café tan oscuro y privado. Supongo que eres famoso de verdad –le dijo ella.

–No. Soy una persona normal, como tú.

Alargó la mano y atrapó la de Chloe antes de que pudiera apartarse. Esperó a que lo mirara a los ojos antes de hablar.

–Y conozco un lugar no muy lejos de aquí que es mucho más privado.

Capítulo Ocho

–Tengo el coche aparcado cerca de aquí. ¿Te parece bien? –le preguntó Jordan al ver que Chloe no contestaba.

Estaba demasiado aturdida para responder. La voz de ese hombre la hipnotizaba. Lo había echado tanto de menos… Lo siguió hasta que salieron a la calle.

Jordan la guiaba con una mano protectora en la espalda. Volver a sentir su aroma y su calor era muy reconfortante. Estuvieron a punto de chocarse con otra pareja de mediana edad que caminaba en sentido opuesto a ellos.

–¡Pero bueno, si es Jordan Blackstone! –exclamó el hombre.

Los dos iban muy elegantes y la señora llevaba joyas que parecían muy valiosas.

–Buenas noches –contestó Jordan con amabilidad–. Chloe, te presento a Wes y Sybil Hampton.

Esperó a que Jordan dijera algo más y explicara quién era ella, pero no lo hizo y le soltó la mano.

–Es un placer conocerlos –murmuró ella.

Wes dijo algo parecido y Sybil le dedicó una sonrisa bastante condescendiente.

Apenas los escuchaba, el dolor que sentía la bloqueaba por completo. Le había quedado claro que Jordan no quería que lo vieran allí con ella. Le recordó a la manera en la que Stewart había reaccionado cuando una noche se encontraron accidentalmente con unos amigos de él.

–Íbamos ahora a cenar a casa de los Brodericks. Si quieres venir –dijo Sybil sin mirarla.

–No. Esta noche no, Sybil. Gracias.

–Entonces mañana –insistió la señora–. Vamos a ir a unas bodegas...

–Gracias, pero voy a estar muy ocupado –la interrumpió Jordan alejándose.

–Vamos, Sybil –murmuró Wes–. Deja que el pobre Jordan y su amiguita se vayan ya.

Se quedó sin respiración al ver el tono en que ese hombre se había referido a ella. Parecía tener muy claro que si estaba con una mujer como ella era solo por sexo. Nada más.

El encuentro le sirvió a Chloe para volver a la realidad y no dejarse llevar por algo que no podía ser. Se apartó de él y lo miró a los ojos.

–No voy a ir a tu casa, Jordan.

–¿Por qué no? –le preguntó él con el ceño fruncido–. ¿Prefieres ir a la tuya?

–No, Jordan. Tengo que seguir adelante con mi vida. Ya llevo demasiado tiempo en Melbourne.

Jordan la miró y sacudió la cabeza.

–Algo me dice que no me estás contando toda la verdad, que no es ese el problema.

–¿Quién eres tú para decirme eso? No me conoces tan bien.

–Soy alguien que se preocupa por ti –le dijo Jordan en voz baja–. Una persona que te conoce mejor de lo que piensas.

Pero a ella no le parecía bastante que se preocupara por ella.

–Me voy a Sídney –le anunció ella–. Quiero ponerme al día con mi familia.

–Espero que la reunión familiar vaya muy bien, pero esta vez no me creo tu historia, Chloe.

–No es una historia. Es la verdad –le dijo desesperadamente.

–Lo que pasa es te da miedo estar conmigo.

–Esos amigos tuyos...

–No son mis amigos, son conocidos que además donan mucho dinero a mi fundación.

–No les dijiste quién soy. No me pareció que fuera alguien importante en tu vida.

–Porque quería mantener tu anonimato. Sybil es muy entrometida...

–¡No! –protestó ella–. Lo que pasa es que no sabes cómo presentarme porque yo no encajo en tu vida como lo hacían otras mujeres con las que has estado. Fuera del dormitorio, soy un problema para ti. No tengo un título universitario ni soy rica como otras personas de tu círculo, de tu mundo.

–¿De qué demonios estás hablando? Si no te sientes a gusto en lo que llamas mi mundo es porque nunca pasas el tiempo suficiente en un sitio para sentirte así. Por una vez en tu vida, deja de correr. Puedes encontrar aquí mismo lo que estás buscando.

La forma en que le hablaba y la expresión de sus ojos estuvieron a punto de conseguir que lo creyera, pero…

–¿Qué es lo que estás tratando de decirme tú? ¿Acaso me ofreces algo permanente? ¿Estás preparado para algo así?

Le dio la impresión de que Jordan palidecía bajo su piel bronceada y sus ojos reflejaron el pánico que sentía.

–Ya me parecía a mí –añadió ella al ver que se quedaba callado.

–Hablar de algo permanente es un gran salto. No me refería a...

–No, ya basta –lo interrumpió ella levantando una mano–. No te preocupes, Jordan. Voy a irme a Sudamérica. Estoy deseando conocer los carnavales de Río –mintió–. Y, gracias a tu generosidad, esta vez viajaré en primera clase.

–Chloe…

–No me sigas –le pidió.

Se dio la vuelta y empezó a caminar.

Los días siguientes pasaron muy deprisa para Chloe. Le sabía mal no haber podido avisar a Dana con más antelación de que dejaba el trabajo, pero más aún sentía haberse despedido de Jordan sin dejar las cosas más claras entre los dos.

No tardó mucho en embalar todas sus pertenencias y encargar que se las enviaran a Sídney. Ella viajó en su pequeña moto, tomándose su tiempo y parando para hacer noche en pequeñas poblaciones rurales.

Cuando llegó a Sídney, se instaló en un hotel a cuarenta minutos de la casa en la que había crecido.

Jordan le había dicho algo la última vez que lo había visto que no podía quitarse de la cabeza. Creía que no se sentía de ningún lugar porque nunca se quedaba el tiempo suficiente en un sitio para sentirse así. Por una vez en su vida, le había sugerido que dejara de correr, que a lo mejor tenía muy cerca lo que había estado buscando.

Se dio cuenta de que Jordan tenía razón. Aunque su tiempo con él había sido muy corto, había aprendido cómo era sentir que otra persona era su hogar. También había llegado a la conclusión de que la había estado protegiendo de sus conocidos y que en realidad no se avergonzaba de ella. Jordan siempre la había aceptado tal y como era y nunca había tratado de cambiarla.

Tenía la sensación de que había huido antes de darle a Jordan la oportunidad de explicarle por qué no estaba listo para algo permanente.

Así que decidió echar raíces por primera vez en su vida y se compró una pequeña casa en el Paddington. Pasó un par de semanas muy ocupada eligiendo muebles, pinturas, telas, cojines y vajillas.

Se matriculó en un curso de psicología que duraba tres años. Iba a empezar tres meses más tarde y era algo que le emocionaba y aterraba.

Mientras tanto, se comunicaba con su familia

por correo electrónico. Seguían sin saber que estaba de vuelta en Australia, necesitaba más tiempo para decidir cómo volver a tener una relación fluida con ellos.

Pero todas las noches, bajo su edredón de plumas, las mismas imágenes y pensamientos le inundaban la cabeza. Entonces se levantaba y pasaba noches de insomnio mirando por la ventana, contemplando los tejados de la ciudad. Había imaginado en más de una ocasión cómo sería aparecer en su despacho y decirle por fin lo que sentía y por qué nunca podría estar con él.

En su piso de Melbourne, Jordan yacía en su cama mirando al techo. Era casi medianoche. Le parecía increíble que un mes pudiera pasar tan lentamente.

Y estaba siempre de tan mal humor que de un tiempo a esa parte las emociones lo dominaban por completo.

Y estaba así por culpa de una mujer. Pero Chloe, a diferencia de otras, nunca había tratado de manipularlo. Siempre había tratado de escucharlo y ser su amiga. Ese día alguien había hecho una donación anónima a Rapper One con la misma cantidad que él había depositado en la cuenta de Chloe nada más volver a Australia.

Encendió la luz de la mesilla y estudió de nuevo el papel que Dana le había dado. Era la dirección de Chloe en Sídney, pero no sabía cuánto tiempo iba a estar allí antes de irse a otro lugar en busca de la siguiente aventura. Y la próxima vez, quizás no pudiera encontrarla.

Ese pensamiento lo dejó sin aliento. Se incorporó tan rápido en la cama que tiró la lámpara de la mesita al suelo y se quedó en la oscuridad. Apenas se dio cuenta. No tenía tiempo para recoger los cristales rotos.

No podía perderla. No iba a perderla.

No iba a perder a la mujer que amaba.

Se quedó de nuevo sin aliento. Le parecía imposible. Cada músculo de su cuerpo se tensó. No sabía qué hacer con la energía que le corría por las venas. Se levantó de la cama y fue al salón. Aliviado y asustado al mismo tiempo, se dio cuenta de que amaba a Chloe. Nunca se había sentido tan despierto ni tan vivo.

Siempre había pensado que el amor lo convertiría en un hombre débil, pero se sentía más fuerte que nunca. Lo suficiente como para olvidarse de sus ideas preconcebidas y tener algo que nunca había creído necesitar hasta ese momento.

–Muy bien... –susurró Chloe mientras pintaba de amarillo la pared e iba tapando un beis triste y aburrido para transformar la cocina en una habitación soleada y alegre.

No podía dejar de sonreír. Le estaba gustando el resultado. A pesar de todo, seguía echando algo en falta. Pero prefería no pensar en ello.

Estaba deseando terminar de decorar la casa para invitar a su familia y quería que vieran cómo era ella en realidad. La persona que ella quería ser, no la persona que ellos querían que fuera.

Jordan la había ayudado a darse cuenta de que era más fuerte y constante de lo que pensaba.

La llamada de esa mañana había sido la más dura de su vida, pero había merecido la pena. Le había encantado oír de nuevo la voz de su madre. Habían hablado durante una hora. Sobre Jordan, sobre Stewart, sobre el hombre que la había estafado. Las dos estaban muy arrepentidas de haber dejado que pasara tanto tiempo sin estar en contacto, pero Chloe le dijo que quería que las cosas cambiaran entre su familia y ella.

Oyó el sonido de un coche frente a la casa y miró por la ventana del salón. Era un todoterreno grande, polvoriento y algo abollado. Se bajó entonces el conductor y miró hacia la casa. Se quedó sin aliento. No podía respirar. Era alto, moreno y de anchos hombros...

Se le cayó la brocha de las manos. Vio que se acercaba a la casa y subía los escalones. Pocos segundos después, oyó el timbre.

–¡Chloe! –le oyó decir–. Sé que estás ahí, Chloe, y sé que puedes oírme. He recorrido un largo camino y no me iré hasta que te vea, así que abre la puerta. Solo quiero hablar...

Chloe abrió la puerta y allí estaba él. El corazón le latía a mil por hora y seguía sin poder respirar. Parecía que había hecho las diez horas en coche desde Melbourne a toda velocidad y sin descanso. Tenía barba de tres días, ojeras y la camisa arrugada. Pero en sus ojos había más claridad y decisión que nunca.

–Hola, rubia.

–¿Cómo sabías que te podía oír? –le preguntó sin saludarlo.

–No lo sabía, pero decidí probar suerte –respondió él encogiéndose de hombros–. ¿Puedo entrar?

Había echado mucho de menos esa voz.

–Supongo que sí –le dijo–. Tienes muy mal aspecto.

–Tú en cambio estás preciosa –le contestó Jordan con una sonrisa.

Le hizo un gesto para que pasara.

–Perdona el desorden. Estoy redecorando la casa.

–¿Redecorando? –repitió con sorpresa–. Por eso tienes pintura aquí –añadió tocándole la frente.

–No esperaba visita.

Llevaba una vieja camisa de franela manchada de pintura y unos viejos vaqueros.

–Dame un minuto y…

–No, no te preocupes –la interrumpió Jordan–. Solo quería verte un momento. Eres un bálsamo para mis ojos cansados. Estás guapa con cualquier cosa.

Chloe fue hacia la cocina y Jordan la siguió. No podía creer que estuviera allí.

–¿Te apetece una infusión?

–Sí, perfecto.

Chloe quitó las cosas de la mesa y una de las sillas y le dijo que se sentara allí, pero ella se quedó de pie. Incluso después de servirle la infusión.

–Siéntate –le pidió–. Tenemos que hablar.

Se sentó frente a él, al otro lado de la mesa y lo más lejos posible.

–En primer lugar, he estado dándole muchas vueltas a por qué te fuiste corriendo la última noche que nos vimos. Y lo digo de verdad, no he pensado en otra cosa. Me acusaste de algo que no entendí y que sigo sin entender.

–Ya lo sé. Lo siento mucho...

–Entre otras cosas, me dijiste que no podías vivir en mi mundo porque no te sentías a gusto en él –le explicó–. Ayúdame a comprenderlo, Chloe.

Ella suspiró. Había dolor en sus ojos y le entraron ganas de abrazarla, pero se contuvo.

–Supongo que aún no he superado lo que pasó con Stewart. Durante el tiempo que estuvimos juntos, apenas salíamos de casa. Estábamos casi siempre allí con su hijo. Yo quería mucho a Brad y no me importaba, pero nunca me llevaba a ningún sitio donde pudieran estar sus amigos. Hasta que una noche nos topamos con una pareja y cuando volvimos a casa, me dijo que todo había terminado. Me acusó de acoso sexual y se aseguró de que no pudiera conseguir trabajo de niñera en el Reino Unido. Me utilizó –le confesó Chloe–. Por eso me dolió tanto que me acusaras esa primera noche de estar intentando seducirte.

La sangre le hervía en las venas. No podía creerlo.

–Deberías habérmelo dicho.

–Sí, pero cuando te pregunté si pensabas tener algo permanente conmigo, palideciste.

–Porque me pillaste desprevenido. No me diste tiempo a explicarme.

–Bueno, el caso es que seguí tu consejo sobre lo de echar raíces y me he comprado esta casa. Es mía, toda mía. No me voy a ninguna parte –le anunció Chloe.

–¿Te puedo contar una historia? –le sugirió él.

–Depende, ¿tiene un final feliz?

–Eso espero –le dijo acercándose un poco más a ella–. Érase una vez un tipo llamado Jordan que vivía encerrado en una torre. La había creado él mismo porque no podía ver más allá de su trabajo y de sus superficiales relaciones amorosas. Nunca quiso escapar de allí, al menos hasta que una chica que se llamaba Rubia y que amaba la aventura cayó en su regazo de una manera casi mágica. Era hermosa, buena e inteligente, y se dio cuenta de que se estaría perdiendo algo increíble si no la conseguía.

Se quedó sin aliento al oír sus últimas palabras. Su corazón dejó de latir.

–Pero Jordan no sabía si ella iba a aceptarlo porque tardó mucho tiempo en darse cuenta de que la quería y que ni siquiera estaba seguro de que ese amor fuera correspondido.

Se le llenaron de lágrimas los ojos.

–¡Jordan! –exclamó.

Le entraron ganas de llorar de alegría y abrazarlo, pero Jordan levantó una mano para detenerla.

–Déjame terminar –le pidió–. Así que Jordan

quería vivir una aventura con la trotamundos Rubia para conocerla mejor. Jordan tenía el equipo y todo lo necesario en su todoterreno para que los dos se fueran de viaje semanas o meses. Se iban a ir a donde ella quisiera y por tanto tiempo como le apeteciera. Él le quería enseñar sus minas de oro y cómo buscar el mineral. Después, de noche y bajo las estrellas, quería enseñarle otro tipo de cosas mucho más excitantes...

Apenas podía respirar ni pensar con claridad. Estaba aturdida.

–Él se está organizando mejor para tener tiempo libre. Hacía mucho que no se tomaba unas vacaciones y las necesita. Jordan tiene oficinas en Perth y Melbourne, pero ha estado pensando en abrir una sucursal en Sídney. Así que supongo que pasarán algún tiempo en cada una de esas ciudades. Lo importante es que estén juntos. Si ella lo quiere tanto como él a ella, claro.

–Creo que a la chica del cuento le va a gustar el plan. Y tiene muy claro que también lo ama. Pero, bueno, ya está bien de hablar.

Chloe se levantó, se sentó en el regazo de Jordan y le dio un gran beso en la boca para que se callara.

Después, él la tomó en sus brazos y la llevó hasta la cama, donde pasaron mucho tiempo haciendo el amor lenta y sensualmente.

Horas más tarde, cuando se despertaron y el cielo de la tarde empezaba a cambiar de color, Jordan se levantó para buscar algo en sus pantalones vaqueros. Sacó de ellos una pequeña caja cuadrada.

La abrió para enseñarle lo que contenía y ella reconoció al instante el anillo de oro.

–¿Quieres casarte conmigo? –le preguntó.

–Siempre pensé que el matrimonio no era para mí, pero creo que lo decía porque tenía miedo. Pero me has dado el coraje que necesitaba para cambiar de opinión –le confesó ella–. Pero, ¿y tú? Me dijiste que no pensabas casarte nunca.

–Estaba convencido de ello. Hasta que te encontré.

–Pero estuviste a punto de casarte Lynette.

–Sí. Era una mujer manipuladora y mentirosa. Y me engañó como a un imbécil. Era una mujer atractiva, extrovertida e inteligente. Poco después de conocernos, la invité a venir conmigo al baile benéfico de la fundación. Mostró mucho interés por los chicos a los que ayudábamos. Incluso me dijo que, cuando tuviera una casa, la prepararía para proporcionar un hogar a niños con problemas –le contó Jordan–. Después de algún tiempo, nos enamoramos, al menos yo. Me gustaba mucho que fuera tan solidaria. Me dio a entender en más de una ocasión que, si nos casábamos, podríamos acoger a niños en nuestra propia casa. Eso me enamoró porque mi madre nunca quiso tener hijos. Y después de mi nacimiento, se negó a tener más niños. En cuanto pudo, me envió a un internado. En verano, mi padre me llevaba a la mina para enseñarme a encontrar oro. Esos son los mejores recuerdos que tengo de mi niñez.

Jordan sacudió la cabeza.

–Yo tenía un piso en la ciudad que había estado pensando en vender, pero decidí regalárselo a Lynette una semana antes de la boda. Fui tan tonto como para ponerlo a su nombre. Cuando llegó el momento de tomar el vuelo para Las Vegas, donde íbamos a casarnos, Lynette me dijo que tenía algo que hacer. Nos separamos y nunca volvió al aeropuerto. Vendió el piso y desapareció. Nunca la volví a ver. No quiero volver a hablar de ella nunca.

–Gracias por contármelo. ¿Qué te parece si acordamos no volver a hablar del pasado?

–Trato hecho –repuso él dándole un beso.

Se besaron durante unos minutos.

–¿Tienes hambre?

–Sí, no he comido nada desde que salí de Melbourne.

Jordan le colocó el anillo de oro en el dedo. Le quedaba perfecto.

–Lleva el anillo en la mano derecha hasta que nos casemos. No sé cuándo será –le dijo Jordan con emoción–. Quizás dentro de un mes o de un año, eso depende de ti. Pero mientras tanto quiero ver que hemos hecho una promesa y que estás preparada para asumir el reto más grande de tu vida.

Ella sonrió con los ojos llenos de lágrimas. Lo quería tanto…

–Trato hecho –susurró Chloe–. Y ahora que hemos hecho esa promesa. ¿Qué te parece Navidad?

Jordan sonrió como nunca.

–Me parece increíble. Igual que tú –susurró con un suspiro de satisfacción.

Dejó que el aroma de esa mujer lo rodeara y le llenara los pulmones. Era el olor de su hogar, por fin estaba en casa.

–¿Quieres una gran boda o algo discreto en el ayuntamiento? –le preguntó él.

–Me da igual, pero sí sé que quiero tener a mi familia allí cuando lo hagamos.

Le alegró saberlo. Aunque era aventurera, sabía que los echaba de menos y necesitaba ese vínculo con su familia.

–Entonces, ¿ya los has visto?

–No, estaba esperando a tener la casa arreglada. He hablado con mi madre por teléfono y ahora nos entendemos mejor, pero todavía me da miedo enfrentarme a ellos.

Tomó su mano y acarició con la otra el anillo de compromiso.

–Nos enfrentaremos juntos a ellos.

–¿Sí? ¿De verdad?

–Por supuesto. Somos socios y compañeros, somos un equipo. Además, quiero conocer a mis futuros suegros. Tengo muchas ganas de volver a ser parte de una familia.

Chloe apoyó la barbilla en su torso y lo miró a los ojos.

–¡Menudos compañeros de aventuras somos! ¡Osito y Rubia! –exclamó ella riendo.

Él asintió con la cabeza y también sonrió.

–Y vivieron felices para siempre.